왜 인사 안 하면 안 되나요?

왜 인사 안 하면 안 되나요?

1판 1쇄 펴냄_ 2013년 5월 6일

지은이_ 이이리
그린이_ 천필연
편　집_ 김이슬, 이소담, 손민지, 이은영
마케팅_ 심지훈

펴낸이_ 하진석
펴낸곳_ 참돌어린이

주　소_ 서울시 마포구 독막로 3길 8
전　화_ 02-518-3919
팩　스_ 0505-318-3919
이메일_ chamdolbook@naver.com

신고번호_ 제313-2011-157호
신고일자_ 2011년 5월 30일

ISBN 978-89-97592-30-2　63800

왜 인사 안 하면 안 되나요?

이이리 지음 · 천필연 그림

여문필(성균관 어린이 예절학교 사무총장) 감수

참돌어린이

우리 주위에는 참 많은 사람이 있어요. 저마다 귀하고 소중한 사람들이 함께 어울려 사는 세상이지요. 집에는 가족이, 학교에는 선생님과 친구들이 있어요. 도서관에도, 놀이동산에도, 시장이나 오락실에도 늘 사람이 가득하지요.

이렇게 여럿이 어울려 살아갈 때 꼭 필요한 것이 바로 '예절'입니다. 예절은 우리가 평화롭게 더불어 살기 위해 정한 약속이에요. 내가 지키지 않으면 다른 사람이 피해를 보고, 남이 지키지 않으면 내가 피해를 입게 돼요.

하지만 요즘에는 예의 없는, 예절을 모르는 어린이가 참 많아요. 친한 친구라고 해서 말을 함부로 하고, 어른을 보고도 인사를 하지 않고, 공공장소에서 큰 소리로 떠들거나 인터넷 게시판에 악성 댓글을 서슴없이 남기지요.

물론, 어린이들만의 이야기는 아니에요. 어른들도 마찬가지랍니다. 지하철에서 다른 사람의 발을 밟고도 사과하지 않고, 거리낌 없이 새치기를 하고, 아무데나 쓰레기를 버리는 등 예의 없는 어른들도 많습니다.

예의와 예절을 지키지 않는 사람이 많을수록 세상은 함께 살기 어려워집니다. 어딜 가나 사람이 있고 어울려 살아야 하는데, 그때마다 불쾌한 경험을 한다면 참 괴롭겠지요?

　'예절'이라고 하면 무척 거창하고 어려운 것처럼 느껴지지만 우리가 날마다 하는 인사도 예절의 하나랍니다. 인사를 잘하면 사람 사이가 부드러워져요. 해맑게 웃으며 반가운 인사를 건네면 누구나 좋아하지요. 내가 먼저 기분 좋게 인사하면 받는 사람도 내게 반갑게 인사를 하고, 그럼 나 역시 기분이 좋아질 거예요. 이처럼 모두가 행복해지는 길은 예절을 잘 지키는 것입니다.

　이 책을 읽으며 내가 지켜야 하는 예절에는 어떤 것이 있는지, 예절을 지키면 어떤 긍정적인 일이 일어나는지 알아보세요. 예절 지키기는 결코 어려운 것이 아닙니다. 예의 바른 어린이가 되어 세상을 기분 좋게 만들어 보세요.

2013년 개나리가 흐드러진 봄에

여문필

차례

왜 인사 안 하면 안 되나요?

설날 아침이에요. 영호는 부모님과 함께 할아버지 댁에 갔어요.
명절이면 친척들이 모두 할아버지 댁에 모이거든요. 영호네 가족이
도착하니 할아버지, 할머니가 반가운 표정으로 맞아 주었어요.

그런데 영호는 오랜만에 만나는 할아버지와 할머니가 조금 낯설었
어요. 그래서 엄마 뒤에만 숨어 있고 제대로 인사도 하지 않았습니다.
어쩐지 쑥스러웠거든요.

"영호야, 왜 그러고 서 있어? 어서 할아버지랑 할머니께 인사 드려

야지."

아빠가 영호에게 손짓했지만 영호는 그래도 선뜻 나서지 못했어요. 보다 못한 할아버지가 말했습니다.

"괜찮다. 영호는 이 할아비가 무서운가 보지? 허허허."

엄마는 그런 영호를 보며 눈살을 찌푸렸습니다.

차가 막혀서인지 다른 친척은 아직 도착하지 않았어요. 친척들을 기다리는 동안 엄마는 할머니를 도와 맛있는 음식을 만들었고, 아빠는 할아버지와 이런저런 이야기를 나누었어요. 영호는 그 옆에 앉아 텔레비전을 보다가 깜빡 잠이 들었지요.

얼마나 지났을까요. 작은아버지와 작은어머니 그리고 영호보다 한 살 어린 친척 동생 지민이가 도착했어요. 현관이 소란스러워진 탓에 영호는 얼핏 잠에서 깼지만, 여전히 자는 척을 하며 가만히 누워 있었어요.

지민이는 영호와 달리 할아버지, 할머니의 얼굴을 보자마자 허리를 90도로 숙여 공손히 인사했습니다.

"할아버지, 할머니. 안녕하세요."

할아버지와 할머니는 그 모습을 보고 환하게 웃으며 지민이를 맞아 주었어요.

"어이구, 그래. 우리 지민이도 잘 있었어? 이제 다 컸구나. 이렇게 인사도 잘하고."

영호는 괜히 자신과 지민이가 비교되는 것 같아 부끄럽고 민망한 마음이 들어 못 들은 척했어요.

어느덧 친척이 모두 모였어요. 설날이니 할아버지, 할머니에게 세배를 드리기로 했지요. 영호도 진짜로 자다 깬 것처럼 눈을 비비며 가족 곁으로 와서 앉았어요. 어른들이 먼저 할아버지, 할머니에게 세배를 한 뒤, 영호와 지민이가 세배할 차례가 되었어요.

그런데 이걸 어쩌죠? 막 절을 하려는 순간, 영호의 머릿속이 하얘졌어요. 분명히 아빠가 예전에 세배하는 법을 가르쳐 주었는데 다 잊어버렸지 뭐예요. 쭈뼛거리며 서 있는 영호와 달리 지민이는 공손히 모은 두 손을 이마께로 올린 뒤 천천히 앉으며 절을 했습니다.

"할아버지, 할머니. 새해 복 많이 받으세요!"

영호는 눈치를 보다가 지민이를 따라서 얼른 절을 했습니다. 손을

이마에 올리고 천천히 앉으면서요. 당황한 나머지 지민이를 따라서 여

자 절을 해 버린 거예요. 온 친척이 그 모습을 보고 웃음을 터뜨렸지요.

"오냐, 우리 강아지들. 너희도 새해 복 많이 받고, 엄마랑 아빠 말씀

도 잘 들어야 한다. 알았지?"

"네!"

"네……."

큰 소리로 씩씩하게 대답하는 지민이와 달리 영호의 목소리는 모기처럼 작았어요.

세배를 드리고서 온 가족이 함께 맛있는 떡국을 먹고 재미있는 윷놀이도 했지만, 영호는 괜히 어색해서 그 틈에 끼지 못했어요. 지민이와도 서먹해서 잘 놀지 못했지요. 영호는 왜 설날이 다 가도록 마음이 편하지 않았을까요?

우리가 왜 인사를 하는지 생각해 보세요. 인사를 하면 나와 상대방의 사이가 부드러워지고 마음을 열기 쉬워져요. 말은커녕 기본적인 인사조차 하지 않는 사람과 친해지기는 어렵겠지요? 그런 사이는 금세 딱딱해져서 금이 가고 말 거예요.

우리는 친구를 만났을 때 "안녕?" 하고 인사해요. '안녕'이라는 말에는 '아무 탈 없이 편안함'이라는 뜻이 담겨 있어요. '아무 탈 없이 잘 지내니?' 하고 묻는 것이지요. 상대방을 걱정하고 아끼는 마음을 드러내는 인사말이에요.

고마울 때는 고맙다고, 미안할 때는 미안하다고 인사를 함으로써 상대방에게 내 감정을 알릴 수 있어요. 내 감정을 표현해야 오해가 생기는 것을 막을 수 있고, 사이도 더욱 돈독해질 수 있답니다.

내가 인사를 하면 상대방도 내게 인사를 합니다. 이렇게 주고받는 인사는 서로가 가까워지는 첫걸음이랍니다. 밝게 웃으며 건네는 인사가 사람을 얼마나 기분 좋게 하는지 여러분도 잘 알고 있을 거예요. 그렇다면, 어떤 방식으로 인사하면 좋을까요?

인사는 서로 주고받는 예절이니까 두 사람이 어떤 사이인지에 따라 인사법이 달라요. 어른이나 윗사람에게는 허리를 숙여 공손히 인사하고, 친구나 아랫사람에게는 반갑게 손을 흔들며 인사하면 됩니다. 하지만 누구에게 하든 지키면 좋은 인사 예절이 몇 가지 있어요.

우선, 밝은 표정으로 인사하는 게 좋아요. 여기에 예쁘게 웃기까지 하면 더욱 좋겠지요. 찌푸리거나 인상을 쓴 채 인사를 건네면 받는 사람도 덩달아 기분이 안 좋을 거예요. 지나치게 작은 소리나 큰 소리로 인사하는 것도 피해야 해요. 목소리가 너무 작으면 인사를 했는지 안 했는지 알지 못할 테고, 너무 큰 소리라면 인사 받는 사람이 깜짝 놀라게 될 테니까요.

무엇보다 중요한 점은 바로 '진심이 담긴 인사'를 하는 것이랍니다. 건성이나 가식이 아닌 진심을 담아 상대방의 안부를 물을 때 비로소 나의 마음이 전해질 수 있어요. 마음을 열고, 반갑게 인사를 건네면 그 사람과 더욱 가까워질 수 있을 거예요.

어른들끼리는 어떻게 인사하는지 본 적 있나요? 어른들은 한 손을 내밀어 맞잡는 악수를 하곤 해요. 악수는 먼 옛날, 사람이 손에 몽둥이 같은 무기를 들고 사냥하며 살아가던 시절에 생겨났어요. 사냥을 하다가 다른 부족 사람을 만나면 무기를 내려놓고, 손을 맞잡아 서로 공격할 뜻이 없음을 보여 주는 행위였지요.

악수를 비롯한 모든 인사는 사람이 모여 살며 자연스럽게 생겨난 습관이에요. 그래서 세상에는 사는 곳이나 기후, 생활, 풍습, 나이에 따라 다른 인사법이 참 많답니다.

뉴질랜드의 마오리족은 서로 마주 보고 손을 맞잡은 채로 "키오라!"라고 말하며 서로의 코를 두 번 부딪쳐요. 잘못해서 세 번 부딪치

면 결혼하자는 뜻이 되니 조심해

야 해요. 이 인사법을 '홍이'

라고 부른답니다.

티베트 사람들은 상대방

을 앞에 두고 자신의 귀를

잡아당기며 혀를 쑥 내밀어

요. 마치 우리가 "메롱!" 하며 누구

를 놀릴 때처럼 말이에요. 이는 티베트에서는 가까움을 나타내는 인

사랍니다. 참 재미있지요?

우리나라도 우리만의 인사법이 있지요. 명절에 하는 절도 우리 고유의 인사예요. 그밖에 '공수'라는 인사법이 있어요. 전통 예절법에 의하면 남자는 왼손이 위로, 여자는 오른손이 위로 오도록 손을 모은 후 두 손을 배꼽 부근에 가지런히 두고 천천히 허리를 숙여 인사하는 것이지요. 어때요, 어렵지 않지요?

2 새는 바가지가 돼요

엄마가 식사 준비를 하는 동안 효성이는 텔레비전에 정신이 팔려 있었어요. 효성이가 가장 좋아하는 만화 영화를 하고 있었으니까요.

"효성아, 얼른 밥 먹어."

효성이 귀에는 엄마 목소리가 들리지 않았어요. 만화 영화를 보느라 텔레비전으로 빨려 들어갈 거서 같았거든요. 결국 엄마가 세 번이나 불렀을 때에야 효성이는 마지못해 식탁 앞에 앉았어요.

"와, 동그랑땡이다!"

효성이는 의자에 앉자마자 젓가락으로 동그랑땡 하나를 콕 찍어 먹었어요. 그러자 엄마가 효성이를 나무랐어요.

"효성아, 아빠 먼저 드신 다음에 먹어야지."

"그런 게 어딨어? 나도 빨리 먹고 싶단 말이야."

효성이는 아빠가 숟가락을 들기도 전에 밥 한 숟가락을 크게 떠서 입에 넣었어요. 엄마와 달리 아빠는 아무 말도 하지 않았지요.

밥을 입에 넣은 효성이는 씹는 둥 마는 둥 하고는 동그랑땡을 포크에 찍어 손에 든 채로 텔레비전 앞으로 달려갔어요. 아직 만화 영화가 끝나지 않았거든요.

효성이는 우물거리며 입안의 음식이 다 사라질 때까지 텔레비전 앞에서 만화 영화를 보다가, 식탁으로 가서 밥을 입에 넣고는 다시 텔레비전 앞으로 향했지요. 이런 효성이를 보다 못한 엄마가 한 소리 했습니다.

"효성아, 밥 먹을 때는 자리에 앉아서 얌전히 먹어야지. 정신없이 돌아다니면 안 돼."

"이것만 보고. 거의 다 끝났단 말이야."

결국, 효성이는 그렇게
몇 번이나 왔다 갔다 하며
밥을 먹었고, 엄마는 크게
한숨을 쉬었어요.

만화 영화가 끝난 뒤에
야 효성이는 겨우 의자에
제대로 앉아 밥을 먹기 시
작했지요.

줄곧 동그랑땡만 먹는 효성이에게 엄마가 말했어요.

"골고루 먹어야지. 이 콩나물 무침도 먹어 봐."

"싫어, 맛없어."

효성이가 투정부리는 사이에 식사를 마친 아빠가 물을 벌컥벌컥 마시더니 "꺼억" 하고 트림을 했어요. 밥을 먹던 효성이가 소리쳤어요.

"아, 아빠! 더러워!"

그러자 효성이의 입안에서 밥알이 튀어나와 식탁 여기 저기에 떨어졌지요. 엄마가 말했어요.

"어이구, 네가 더 더럽다!"

아빠는 웃으며 먼저 일어나더니 거실 소파에 앉아 텔레비전을 켰어요. 효성이와 엄마는 반찬을 골고루 먹느냐 마느냐 실랑이를 하며 밥을 마저 먹었지요.

가족의 다른 말은 식구예요. 식구는 '밥을 같이 먹는 사이'라는 뜻이에요. 그만큼 한 가족이 밥을 함께 먹는 일은 중요하답니다. 정성 들여 만든 음식을 함께 먹으며 이야기를 하면 '가족'이라는 울타리가

22

더욱 단단해지거든요.

예로부터 우리나라는 식사 예절을 중요하게 여겼어요. 식사 예절 이야말로 가정에서 지켜야 할 예절 가운데 첫째라고 생각했답니다. 소중한 음식을 가장 소중한 사람들과 나눠 먹는 일이니 당연히 중요 하겠지요. 늘 감사하는 마음으로 음식을 먹었고, 어른이 드시기 전에 는 아랫사람이 먼저 먹지 않았어요.

식사 예절을 중요하게 여긴 건 우리나라뿐만이 아니에요. 미국 대 통령이었던 케네디의 가족 역시 엄격한 식사 예절로 유명했어요. 어 린 시절부터 케네디의 부모님은 정확한 식사 시간을 정해 두고, 늦게 식탁에 앉는 사람에게는 음식을 주지도 않았어요. 케네디는 이러한 규칙을 통해 예절과 약속의 중요성을 어린 시절부터 배울 수 있었고, 식사 시간마다 가족끼리 토론을 한 덕에 훗날 대통령이 되어 사람들 에게 큰 감동을 주는 연설을 할 수 있었어요.

유대인 역시 온 가족이 모여 감사 기도를 드리고 함께 식사를 해요. 유대인에게 식사 시간은 가족끼리 많은 대화를 나누는 시간이자 탈 무드를 공부하는 시간이랍니다. 그 영향으로 노벨상을 받은 사람 중에는 유대인이 많답니다. 어때요, 식사 예절이 얼마나 중요한 역할을 하는지 알겠지요?

이제 올바른 식사 예절은 무엇인지 알아보도록 해요.

먼저, 음식을 먹기 전에는 꼭 손을 씻도록 하세요. 우리 손에는 세균이 아주 많거든요. 그리고 감사하는 마음으로 식사하세요. 음식에 담긴 엄마의 정성, 농부의 땀과 어부의 수고를 생각해 보면서 말이에요.

아무리 배가 고파도 어른이 먼저 드시기 전까지는 참아 보세요. 밥을 먹을 때에는 효성이처럼 돌아다니지 말고 얌전히 자리에 앉아서 먹도록 하세요. 또, 밥을 다 먹었더라도 함께 있는 사람이 식사를 마치기 전에는 자리를 뜨지 않는 것이 예의랍니다.

밥상머리에서 트림을 하거나 코를 풀거나 머리를 긁적거리는 등 비위생적인 행동도 자제하세요. 밥을 먹으며 대화를 할 때에는 음식이 입 밖으로 튀어나오거나 입안에 있는 음식물이 보일 정도로 입을 크게 벌리면 안 됩니다. 함께 먹는 사람에게 실례가 되는 행동이니까요. 밥을 다 먹은 뒤에는 이를 닦는 것도 잊지 마세요.

이런 것들만 지켜도 우리는 더욱 즐겁게 식사할 수 있을 거예요.

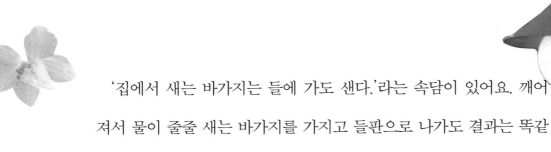

'집에서 새는 바가지는 들에 가도 샌다.'라는 속담이 있어요. 깨어져서 물이 줄줄 새는 바가지를 가지고 들판으로 나가도 결과는 똑같겠지요? 본바탕이 좋지 않으면 어느 곳에 가도 그 단점이 드러난다는 뜻의 속담이에요.

집에서 식사 예절을 잘 지키지 않으면 식당이나 학교 등 공공장소에서의 식사 예절은 물론, 다른 예의범절도 지키기 어려울 거예요. 식사 예절은 예의의 기본이거든요. 식사 예절을 잘 지켜서 '새는 바가지'가 되지 않도록 주의하세요.

친구들에게 피해를 줘요

지훈이는 수업이 한창인데도 '뭐 재미있는 게 없을까?' 생각하며 장난칠 궁리만 하고 있었어요. 선생님이 칠판을 향해 돌아서기만 하면 지훈이는 여기저기 두리번대느라 정신이 없었지요.

짝꿍인 도은이가 공책에 필기하는 모습을 물끄러미 바라보던 지훈이는 도은이 공책에 쓱쓱 큰 동그라미 안에 작은 동그라미 두 개를 넣은 돼지 코를 그렸어요.

한창 필기를 하던 도은이는 지훈이가 그린 돼지 코를 보더니 "쿡

쿡" 웃으며 지훈이 공책에 돼지 코를 따라서 그렸어요. 지훈이가 그린 것보다 조금 더 크게요.

그렇게 두 친구는 서로의 공책에 계속 그림을 그리며 장난을 치기 시작했어요. "킥킥" 웃는 소리와 책상 부딪히는 소리가 조금씩 커지며 교실은 차츰 소란스러워졌지요.

"누구니? 장난치지 말고 얼른 필기하렴."

칠판에 글씨를 쓰던 선생님이 뒤를 돌아보았어요. 지훈이와 도은이는 움찔하며 잠시 장난을 멈추었다가 선생님의 시선이 다시 칠판으로 가자마자 낙서를 했어요.

도은이는 지훈이 공책에 원숭이를 그리고, 지훈이는 도은이 공책에 송아지를 그렸어요. 하다 보니 점점 더 재미가 붙어서 공책 한 면을 낙서로 가득 채웠답니다.

둘은 서로를 밀치고 막으면서 서로의 공책에 계속해서 낙서를 했어요. 소리를 내지 않고서 장난을 치려 했지만, 지훈이와 도은이의 움직임이 커질수록 주변 친구들은 두 친구의 장난이 자꾸만 신경 쓰였어요.

열심히 공부하던 친구들도 수업에 집중하지 못하고 슬슬 장난치는
분위기가 되었어요. 지훈이와 도은이는 아주 신 났고요.

그때 선생님이 갑자기 홱 뒤를 돌아보았어요. 낙서를 하던 지훈이와 도은이는 결국 선생님의 눈에 띄고 말았지요.

"너희 둘, 필기 안 하고 뭐했어?"

선생님의 질책에 지훈이와 도은이는 잔뜩 주눅이 들어 아무 말도 하지 못했어요. 선생님은 필기 대신 공책을 가득 채운 온갖 낙서를 보며 꾸지람을 했어요.

"요 녀석들! 지훈이, 도은이 뒤에 가서 서 있어."

지훈이와 도은이는 수업이 끝날 때까지 교실 뒤쪽에 서 있어야 했어요. 하지만 뒤에 서 있으면서도 자꾸만 나오는 웃음을 꾹 참느라 고생했지요. 곧 종이 울리고 수업이 끝났지만, 아이들은 오늘 무엇을 배웠는지 제대로 기억하지 못했어요. 기억에 남는 것이라곤 지훈이와 도은이가 그린 원숭이와 송아지뿐이었답니다.

학교에 가면 선생님과 많은 친구와 함께 공부를 하지요. 여럿이 어울려 생활할 때 꼭 지켜야 할 것이 있어요. 바로 예절입니다.

예절은 함께 지키기로 정한 약속이에요. 집에서 지켜야 하는 약속,

학교에서 지켜야 하는 약속 등 사람이 사는 곳에는 어디든 지켜야 할 예절이 있기 마련이에요.

이러한 약속을 지키지 않으면 누군가는 피해를 보게 됩니다. 타인일 수도 있지만 나 자신이 피해를 입을 수도 있어요. 지훈이와 도은이가 수업 시간에 지켜야 할 예절을 지키지 않고 장난을 치는 바람에 두 친구는 물론 다른 친구들마저 공부를 제대로 할 수 없었던 것처럼 말이에요.

학교에서는 어떤 예절을 지켜야 할까요? 우리가 이미 잘 아는 작은 약속이 있을 거예요. 수업 시간에 떠들지 않기, 선생님 말씀 잘 듣기, 친구와 싸우지 않고 사이좋게 지내기 등이 모두 지켜야 할 예절이지요.

우리는 왜 학교에 다닐까요? 공부를 하기 위해서입니다. 많은 것을 배워야 하는 학교에서 예절을 지키지 않으면 우리는 공부를 제대로 할 수 없어요. 나뿐만 아니라 같은 반 친구들에게 방해가 돼요.

또, 선생님에 대한 예의에도 어긋나지요. 최근 들어 선생님을 무시하고 함부로 구는 학생이 늘어나고 있다는데, 정말 큰일이에요. 선생님은 우리에게 다양한 지식을 알려 줄 뿐만 아니라 우리가 사람답게 자랄 수 있도록 도와주는 분입니다. 그렇기에 늘 고마운 마음으로 선생님에게 예의를 표현해야 해요. 선생님의 시간인 수업 시간에는 단정히 앉아 열심히 수업을 듣고, 복도나 교실에서 선생님을 만나면 허리를 숙여 공손히 인사하세요.

수업 시간 외에도 학교에서 지켜야 할 예절은 참 많아요. 지각하지 않는 일도 예절을 지키는 일이지요. 급식을 먹을 때는 줄을 잘 서서 차례대로 밥을 받고, 새치기를 하거나 밀쳐서 기분이 상하는 일은 없도록 해야 해요. 내가 쓴 식판과 물컵은 내가 직접 치우는 것도 예의지요. 복도에서 뛰거나 장난을 치면 소란스럽고 다치기도 쉬우니 주의하는 것도 잊지 마세요.

학교는 여럿이 함께 생활하는 곳이에요. 그렇기에 함께 사용하는 물건이 많아요. 교실의 책상, 걸상부터 사물함이나 운동장, 철봉이나 시소 등 대부분이 함께 쓰는 것이지요. 내 것이 아니라고 해서 너도 나도 함부로 다룬다면 금세 헐고 망가져서 결국 아무도 못 쓰게 될 거예요. 우리의 선배가 깨끗이 쓰고 물려준 것을 나도 소중히 사용한 뒤에 후배에게 물려주어야 해요. 모든 예절의 기본은 언제나 남을 배려하는 마음이랍니다.

모두 엉망이 돼요

따사로운 일요일 오후, 아빠와 엄마, 민정이와 동생 민수는 모처럼 외식을 하기로 했어요. 메뉴는 맛있는 한정식으로 정했지요. 식당에는 사람이 무척 많았습니다.

오랜만에 맛있는 음식을 먹으려니 잔뜩 신이 난 민정이와 민수는 식당에 들어서면서부터 소란을 피웠어요. 얼마나 급했는지 신발을 아무데나 휙휙 벗어 던지고는 식탁 앞으로 우르르 뛰어 들어갔지요.

자리를 잡고 앉은 민정이네 가족은 음식을 주문했어요. 민정이와 민수는 앉았다가 일어나서 물도 마시고 숟가락으로 장난을 치느라 시끄러웠어요.

식당 구석에는 자리에 깔고 앉을 방석이 높이 쌓여 있었어요. 민정이와 민수는 방석을 여러 개씩 가지고 와서 높이 쌓고 그 위에 올라앉았어요. 그러자 키 작은 민수가 아빠보다 앉은 키가 훨씬 더 커졌지요. 그 모습이 우스워서 민정이와 민수는 키득키득 웃으며 서로 더 많은 방석을 차지하려고 티격태격 싸웠어요.

잠시 후 기다리던 음식이 나오기 시작했어요. 하지만 밥을 먹으면서도 민정이와 민수는 두리번대며 식당을 구경하느라 정신이 없었지요. 둘은 누가 먼저랄 것도 없이 밥을 먹다 말고 식당 안을 여기저기 누비며 돌아다녔습니다. 결국 엄마가 남매를 불러서 자리에 앉혀야 했지요.

"민정아, 민수야. 얼른 이리 와! 밥 먹어야지."

민정이와 민수는 어쩔 수 없이 상 앞으로 돌아와 밥을 한 숟가락 가득 입에 넣었어요. 맛있는 떡갈비도 한 입 베어 물고는 엄마가 아빠와 이야기를 하는 틈에 다시 자리에서 일어났지요.

이번에 남매의 눈에 띈 것은 예쁜 꽃 화분이었어요. 앙증맞은 보라색 꽃이 옹기종기 피어 있었거든요.

"우와, 예쁘다!"

민정이는 사람들 몰래 꽃 한 송이를 꺾어서 엄마에게 쪼르르 가지고 왔습니다.

"엄마, 엄마! 이것 좀 봐! 예쁘지?"

"응, 예쁘네. 어디서 났어?"

"저기 저 화분에서."

민정이가 손으로 식당 구석에 있는 화분을 가리키자 엄마는 화들짝 놀라며 민정이를 나무랐어요.

"어머나! 애, 그걸 꺾어 오면 어떻게 해?"

아빠도 옆에서 조용히 한마디 했어요.

"민정아, 그러면 안 돼. 주인아저씨한테 혼난다."

무안해진 민정이는 꺾은 꽃을 주머니에 슬그머니 넣고 자리를 떴어요.

그러는 사이에 화장실에 가고 싶어진 민수는 신발장 앞에 가지런히 놓인 신발들 중에 아무거나 집히는 대로 신었어요. 어쩌다 보니 어른 구두를 신게 되었는데, 발에 맞지 않아서 질질 끌고 화장실에 갔지요.

마침 식사를 마치고 나오던 신발 주인은 깜짝 놀랐어요. 아무리 찾아도 신발이 없었거든요. 당연하지요, 민수가 신고 간 걸요. 화장실에서 나온 민수를 보고 신발 주인이 한마디 했습니다.

"얘야, 남의 신발을 그렇게 막 신고 가면 어떻게 하니?"

그러자 민수는 죄송하다고 말하지도 않고, 엄마랑 아빠가 있는 곳으로 쪼르르 달려가 고자질을 했어요.

"엄마, 나 혼났어."

"뭐? 왜? 누구한테?"

"저 아저씨한테. 자기 신발 좀 신었다고 혼을 내잖아."

"얘가 정말? 넌 왜 남의 신발을 마음대로 신고 그러니? 얼른 가서 죄송하다고 말씀드리고 와."

엄마가 엄하게 민수를 꾸짖었어요. 엄마가 편을 들어주지 않자 민수는 잠깐 시무룩했지만, 곧 누나가 있는 곳으로 뛰어갔어요.

민정이와 민수는 그 뒤에
도 식당 안을 정신없이 누
비며 돌아다녔습니다. 다른
손님들은 모두 눈살을 찌
푸리며 남매를 쳐다
보았지요.

많은 사람과 함께 어우러져 살다 보면 많은 일이 생겨요. 좋은 일도 있겠지만 서로 맞지 않아 갈등이 생기기도 하겠지요. 각자 하고 싶은 것이 다르고, 처한 처지도 다 다르니까요. 하지만 자신이 원하는 대로만 하다가는 남과 부딪힐 수밖에 없어요.

좁은 길목에서 두 사람이 마주쳤을 때, 어느 한 명이 뒤로 물러나 양보하지 않는다면 언제까지고 두 사람은 그 자리에 머무른 채 그대로 서 있어야 할 거예요. 그렇기에 우리는 약속을 만드는 거예요. 이런 상황에서는 이렇게, 저런 상황에서는 저렇게 하기로 미리 정해 둔 거지요. 그 약속이 바로 공공 예절입니다. 함께 살기 위해 반드시 지켜야 할 약속이지요.

우리가 공공 예절을, 약속을 지키지 않으면 세상은 어떻게 될까요? 마주치는 모든 사람과 싸우고 다투느라 엉망이 되고 말 거예요.

2011년, 말라위라는 나라에서 재미있는 사건이 있었어요. 정부가 길거리에서 방귀 뀌는 것을 금지하는 법안을 추진한 거예요. 공공장소에서 방귀를 뀌면 공기가 오염되고, 여러 사람이 불쾌하다는 이유였지요. 또, 정부는 이를 통해 국민이 좀 더 책임감 있게 행동하고, 공공 예절을 더욱 잘 지킬 수 있을 것이라고 덧붙였답니다.

당연히 말라위 사람들은 이 법을 반대했어요. 길에서 방귀를 뀔 때마다 일일이 조사할 수도 없고, 방귀 말고도 지켜야 할 중요한 것들은 얼마든지 많으니까요.

방귀를 못 뀌게 하다니, 조금 과하지요? 공공장소에서 방귀를 뀌면 다른 사람이 불쾌한 건 맞지만, 어쩔 수 없는 생리 현상을 법으로까지 정해서 벌을 줄 필요는 없을 거예요.

법과 예절은 달라요. 법은 어기면 처벌을 받는 것이고, 예절은 어기면 비난을 받는 것이지요. 하지만 둘 다 지켜야 한다는 것은 같아요.

우리말에 '염치'라는 단어가 있어요. 염치란 '체면을 차릴 줄 알며 부끄러움을 아는 마음'을 뜻해요. 예의가 없거나 상식 밖의 행동을 하는 사람에게 '염치없다.' 혹은 '염치없는 사람이다.'라고 하는 말을 들어 보았을 거예요.

요즘에는 염치없는 사람이 참 많아요. 민정이와 민수처럼 사람 많은 식당에서 뛰어다니며 시끄럽게 굴고, 남의 물건을 함부로 다루는 것은 분명 염치없는 행동이에요.

지하철에서도 우리는 염치없는 사람들을 종종 만날 수 있어요. 다리를 쫙 벌려서 혼자 넓게 앉고, 몸이 불편한 사람이나 노인이 앞에 서 있어도 자리를 양보하지 않고, 큰 소리로 시끄럽게 통화를 하고, 열차에 탄 사람이 내리기도 전에 굳이 어깨를 부딪쳐 가며 먼저 타는 등 부끄러움을 모르는 사람들이지요. 이런 염치없는 행동이 모여서 결국 탄탄해야 할 질서를 무너뜨린답니다. 우리가 모두 부끄러움을 아는 '염치 있는' 사람이 된다면 질서는 자연스럽게 바로 설 수 있을 거예요.

이렇듯 사람이 사는 곳에는 어디든 지켜야 할 것이 있어요. 특히 여러 사람이 함께하는 공공장소에서는 더욱 중요하지요. 하지만 그것들은 대체로 어렵거나 힘든 일이 아니에요. 그저 남을 조금 더 배려하면 자연스럽게 할 수 있는 쉬운 일이랍니다.

공공 예절이란 그런 거예요. 어렵지 않지만 꼭 지켜야 할 약속. 그 약속을 하나씩 지켜 간다면 여러분은 이미 예의 바른 사람이에요.

5

크게 다칠 수 있어요

오늘은 신 나는 소풍 날입니다. 전날부터 한껏 들떠서였을까요? 용환이는 그만 늦잠을 자고 말았어요. 시계를 보고서야 정신이 번쩍 든 용환이는 도시락을 챙겨 헐레벌떡 학교로 뛰어갔어요.

학교는 용환이네 집에서 그리 멀지 않지만, 횡단보도가 하나 있어요. 숨이 턱까지 차도록 달린 용환이는 신호등 앞에 서서 초록불이 켜지기만을 기다렸어요. 하지만 마음만 급하지 신호는 금세 바뀌지 않았지요. 용환이는 점점 초조해졌어요.

‘에잇, 늦었는데 그냥 건너야겠다.’

슬쩍 주변을 살핀 용환이는 초록불이 켜지지도 않았는데 그냥 길을 건너기 시작했어요. 그때였어요.

"끼이익!"

요란한 소리와 함께 커다란 트럭이 급히 브레이크를 밟았어요. 용환이도 그 소리에 놀라 걸음을 멈추었어요. 트럭 기사 아저씨는 용환이보다 더욱 놀란 얼굴이었지요.

"이 녀석아, 초록불에 길을 건너야지! 하마터면 큰 사고가 날 뻔 했잖니!"

"죄, 죄송합니다!"

용환이는 놀란 마음을 가다듬으며 아저씨에게 인사를 한 뒤, 다시 정신을 차리고 얼른 학교로 뛰어갔어요. 친구들과 선생님은 용환이 때문에 아무데도 가지 못한 채 용환이를 기다리고 있었지요.

"용환아, 이렇게 늦으면 어떻게 하니?"

"선생님, 늦잠을 잤어요. 정말 죄송해요……."

아침부터 용환이는 여러 번 꾸지람을 듣고 사과도 해야 했어요.

"자, 이제 다 왔으니 출발하자! 지하철 타러 갈 거야."

용환이네 반 아이들은 선생님을 따라 질서 있게 지하철역으로 향했어요. 지하철역으로 가려면 아까 용환이가 신호를 지키지 않았던 그 횡단보도를 건너야 했지요. 이번에는 용환이도 선생님과 친구들과 함께 신호를 잘 지켜 안전하게 길을 건넜습니다.

이제 소풍 장소인 공원으로 가는 지하철을 탈 차례예요. 선생님이 어제 지하철에서 지켜야 할 예절 중 하나로 '내리는 사람이 먼저, 타는 사람이 나중에'라고 알려 주었지만 잔뜩 들뜬 아이들은 아무도 기억하지 못했어요. 용환이와 친구들은 사람들이 지하철에서 채 내리기도 전에 그 틈을 비집고 지하철로 마구 올라탔습니다. 어깨를 부딪힌 어른들은 저마다 인상을 찌푸렸어요.

용환이네 반 아이들이 타자마자 조용하던 지하철 안이 순식간에 시끌벅적해졌어요. 아이들은 삼삼오오 모여서 저마다 재잘거렸어요. 얌전히 앉아서 이야기를 나누는 아이들도 있었지만, 대부분은 서서 시끄럽게 떠들거나 돌아다니며 장난을 쳤지요. 특히 용환이와 명수는 신이 나서 지하철 이 끝에서 저 끝까지 뛰어다녔어요. 길쭉한 지하철은 달리기에 참 좋았거든요.

"용환아, 명수야! 가만히 있어야지. 뛰면 안 돼."

선생님이 주의를 주자 두 친구는 겨우 뜀박질을 멈췄어요. 하지만
여전히 가만히 있지는 않았지요. 이번에는 천장에 줄줄이 달린 손잡이
에 매달리기 시작했어요.

명수가 먼저 매달려서 몸을 앞뒤로 흔들었어요. 그러자 용환이도 번쩍 뛰어올라 손잡이에 매달렸지요. 둘은 누가 더 오래 매달려 있나 시합을 했어요. 두 친구가 소란을 피우는 바람에 근처에 앉아 있던 다른 사람들은 짜증을 내며 다른 칸으로 가기도 하고, 둘을 나무라기도 했어요.

선생님이 뒤늦게 둘을 발견하고 호되게 혼을 낸 다음에야 용환이와 명수는 자리에 앉았습니다. 심심해진 용환이는 그새를 못 참고 가방에서 게임기를 꺼냈어요. 게임을 시작하니 요란한 음악이 흘러나왔지요. 반 친구들이 소리를 듣고 하나둘 용환이 옆으로 모여 구경을 했어요.

그때, 지하철 문이 열리고 선글라스를 낀 아저씨와 커다란 개 한 마리가 올라탔어요. 아이들의 시선이 일제히 개에게 쏠렸어요. 개는 예쁜 노란색 옷을 입고 있었고, 옷에는 '시각장애인 안내견'이라는 글씨가 쓰여 있었지요.

"우와! 진짜 크다!"

"으앙, 무서워……."

"만져 볼래!"

무섭다고 우는 아이, 신기해서 구경하는 아이, 함부로 만지려고 손을 뻗는 아이들로 개 주위는 아수라장이 됐어요. 선글라스를 낀 아저씨는 당황한 기색이 역력했고, 개도 불안한 눈빛으로 귀를 쫑긋 세웠어요.

"얘들아, 그렇게 막 만지면 개가 힘들어해."

아저씨의 말을 듣고서야 아이들은 아쉬운 표정으로 손을 뗐어요. 안 된다고 했는데도 몰래 개를 만지려는 아이도 있었어요. 뒤늦게 상황을 파악한 선생님이 아이들을 불러 모은 뒤에야 아저씨와 개는 간신히 목적지까지 갈 수 있었어요.

버스나 지하철을 타면 꼴불견인 사람이 참 많아요. 빈자리에 자신의 짐을 올려놓고 다른 사람이 앉지 못하게 하거나, 다리를 쫙 벌리고 앉아서 옆에 앉은 사람을 불편하게 하거나, 지나치게 큰 소리로 통화하지요. 휴대 전화에 이어폰을 꽂지 않은 채 게임을 하거나 심지어 DMB를 시청하는 사람들까지 있어요. 같이 탄 사람들은 무슨 잘못을 했기에 듣기 싫은 소리를 듣고, 보기 싫은 것을 보며 괴로워해야 할까요?

지하철에서는 가만히 앉거나 손잡이를 붙잡고 서서 조용히 목적지까지 가는 것이 예의입니다. 뛰어다니거나 다른 사람을 밀쳐서는 안 돼요. 어른이나 임산부, 장애인이 있다면 자리를 양보하는 것이 예의지요. 또, 버스나 지하철, 엘리베이터 등에서는 내리는 사람이 먼저 내릴 때까지 기다렸다가 타는 것이 서로에게 편리하답니다.

많은 사람이 이용하는 대중교통에서 예절을 지키지 않으면 불쾌감이 더욱 커져요. 조금만 남을 배려하고 양보해도 기분이 좋아질 텐데 말이에요. 셀 수 없이 많은 사람이 오가는 대중교통에서 나 혼자 좋다고 멋대로 굴면 분명히 다른 누군가는 불편을 감수해야 하고 기분이 상할 거예요.

대중교통 예절이 중요한 이유가 하나 더 있어요. 자칫 큰 위험을 불러올 수 있기 때문입니다. 용환이처럼 건널목을 지날 때 신호를 지키지 않으면 큰 사고를 당할 수 있어요. 지하철에서 사람이 내리기 전에 타는 것 역시 넘어지거나 부딪힐 수 있기에 위험하고요. 에스컬레이터나 계단에서도 질서 있게 줄을 서지 않으면 넘어져서 크게 다칠 수 있답니다.

이렇듯 대중교통 예절은 남을 배려하기 위한 것이기도 하지만, 안전과 직결되는 중요한 약속입니다. 편리하고 안전하게 대중교통을 이용하려면 반드시 예절을 지켜야 해요. 나뿐 아니라 다른 사람의 안전을 위해서라도 다음 몇 가지를 꼭 기억하세요.

- 버스나 지하철을 기다릴 때는 줄을 잘 서서 차례대로 기다리세요.

- 버스나 지하철을 탈 때에는 사람들이 다 내린 다음에 타세요.

- 버스나 지하철 안에서 시끄럽게 떠들지 마세요. 음악이나 게임 소리 등이 남에게 들리지 않도록 주의하세요.

- 버스나 지하철 안에서는 뛰어다니지 마세요.

- 버스나 차에서 내릴 때는 사방을 잘 확인한 뒤 내리고, 지하철에서 내릴 때는 선로에 발이 끼지 않도록 조심하세요.

- 횡단보도를 건널 때는 신호등을 잘 보고 건너세요. 초록불이 켜지면 좌우를 살핀 뒤 차가 완전히 멈춘 뒤에 건너세요.

위 이야기에서 용환이와 친구들이 큰 개를 만나지요? 원래 애완동물과 함께 대중교통을 이용할 때는 여러 제약이 있지만, 눈이 보이지 않는 시각장애인을 안내하는 안내견만은 제외입니다. 안내견은 시각장애인이 대중교통을 정확하고 안전하게 이용할 수 있도록 돕는 중요한 역할을 하는 개예요. 함부로 만지거나 쓰다듬어서 안내견이 해야 할 일을 제대로 하지 못하게 방해해서는 안 되겠지요?

또, 안내견이 귀엽고 기특하다고 해서 먹을 것을 주어서는 안 됩니다. 시각장애인의 눈이 되어야 할 안내견이 맛있는 음식에 정신이 팔려서 엉뚱한 곳으로 주인을 인도할지 모르니까요. 아무리 귀엽고 예뻐도 멀리서 지켜보는 것이 옳은 행동이자 바른 예절이랍니다.

6

불편하고
기분이 나빠져요

방학을 맞아 시간이 많아진 봉수와 준호는 도서관을 방문했어요.
재미있는 책도 읽고, 방학 숙제도 해야 했거든요.

도서관에는 다양한 주제의 책이 아주 많았어요. 봉수와 준호는 보
고 싶은 책을 고르기 시작했어요. 한두 권이 아니라 간신히 들 수 있
을 만큼 많이요. 빈자리를 찾은 뒤 책상 위에 책을 내려놓으니 "쿵"
하고 요란한 소리가 났어요. 조용히 책에 집중하던 많은 사람이 봉수
와 준호를 쳐다보았지요. 하지만 두 친구는 다른 사람들의 시선은 신

경쓰지 않았어요.

자리를 잡고 앉은 봉수와 준호는 책장을 "휙휙" 소리 내어 넘기며 책을 읽었어요. 어쩌다가 종이가 잘 넘겨지지 않으면 손가락에 침을 발라 가며 책을 읽었지요. 그러다가 재미있는 부분을 찾으면 서로 보여 주며 낄낄거렸어요.

백과사전을 보다가 거북이가 알을 낳는 사진을 보고 괜히 웃음이 터져 버린 두 친구는 웃음을 꾹 참느라 애를 먹었습니다. 끅끅거리며 참아 봤지만, 주위 사람들은 이미 봉수와 준호를 못마땅한 눈으로 쳐다보고 있었지요.

도서관에서 나온 봉수와 준호는 영화관으로 향했어요. 어린이 특선 만화 영화가 극장판으로 개봉했거든요. 신이 난 두 친구는 매표소에서 표를 끊은 뒤 팝콘과 오징어, 콜라를 샀어요. 영화가 시작되기 전까지는 영화관 안을 이리저리 뛰어다니며 곧 시작할 만화 영화의 주인공 흉내를 냈지요.

마침내 영화가 시작되었어요. 봉수와 준호는 커다란 화면을 뚫어져라 쳐다보았어요. 주인공이 등장하자 봉수가 흥분해서 소리쳤어요.

"이야, 마툴키다!"

영화를 관람하던 다른 사람들이 따가운 시선을 보냈지만 봉수는 아랑곳하지 않고 만화 영화에 집중했어요. 준호도 옆에서 팝콘을 집어 먹으며 만화에 몰입했지요. 상영관 안에 봉수와 준호가 팝콘을 먹는 "쩝쩝" 소리가 끊임없이 들렸어요.

재미있는 장면이 나올 때마다 봉수와 준호는 소리 내어 웃느라 정신이 없었어요. 박장대소를 하다가 팝콘을 와르르 쏟기도 하고, 일부러 그런 것은 아니지만 앞좌석을 발로 툭툭 건드리기도 했어요. 이런 일이 몇 차례 계속되자 앞좌석에 앉아 있던 아저씨가 뒤를 돌아보며 봉수와 준호에게 말했어요.

"얘들아, 발로 차지 말아 줄래?"

아저씨의 무서운 얼굴을 본 둘은 순식간에 얌전해졌답니다.

여러분, 도서관은 어떤 곳인가요? 책을 보는 곳이에요. 다른 어떤 곳보다도 더 조용히 해야 하지요. 그곳에서는 나 말고도 많은 사람이 책을 읽고, 집중해서 공부를 하고 있어요. 떠들거나 발소리를 크게 내며 돌아다니면 신경이 쓰여서 독서에 집중할 수가 없지요.

음식을 먹으며 소리를 내거나 냄새를 풍겨서도 안 되고, 코를 골며 잠을 자는 것도 예의에 어긋나는 행동입니다. 도서관에서 가장 중요한 것은 '정숙'이니까요. 여럿이 함께 보는 책에 낙서를 하거나 침을 묻혀서도 안 되고, 다 읽은 책을 아무렇게나 어지른 채 자리를 떠나서도 안 됩니다.

영화관에서는 과연 어떤 예절을 지켜야 할까요? 요즘에는 영화가

시작하기 전에 지켜야 할 '극장 에티켓'이 종종 안내되고 있어요. 앞
좌석을 발로 차지 말고, 휴지는 휴지통에 버리고, 휴대 전화는 진동으
로 바꿔 놓으라는 안내 영상이지요.

봉수나 준호처럼 떠들거나 지나치게 큰 소리를 내며 음식을 먹어
서도 안 돼요. 특히, 생각 없이 앞좌석을 발로 툭툭 건드리는 행위는
앞 사람이 영화에 집중할 수 없도록 방해하는 행동입니다. 누군가 내
뒤에서 발로 의자를 툭툭 건드린다고 생각해 보세요. 아마 짜증이 나

서 견딜 수 없을 거예요.

덧붙여 극장에서 영화나 연극을 볼 때는 휴대 전화를 반드시 끄거나 진동으로 바꿔야 해요. 영화나 연극은 현실에서 잠시 벗어나 화면이나 무대에서 펼쳐지는 이야기에 푹 빠져야 즐길 수 있거든요. 느닷없이 휴대 전화 벨 소리가 울리면 몰입하는 데 방해가 되겠지요? 영화도 그렇지만 연극을 볼 때는 더욱 주의해야 합니다. 무대 위에서 열심히 연기하는 배우들에게까지 방해가 될 수 있으니까요.

방학 숙제를 하기 위해 전시회나 박물관에 방문할 일도 있을 거예요. 이런 곳에서도 지켜야 할 예절이 있답니다. 조용히 하고, 뛰어다니지 말아야 하는 것은 기본이지요.

조심해야 할 점은 순서대로 쭉 걸린 그림이나 전시물을 볼 때의 방향이에요. 바닥이나 벽을 살펴보면 나아갈 방향을 알려 주는 화살표가 있을 거예요. 내가 보고 싶은 것부터 골라 보는 것이 아니라, 순서대로 작품을 감상하는 것이 예의입니다. 주최 측이 작품을 감상하는 데 가장 좋은 배치를 해 두었으니 차례대로 보는 것이 나에게도 좋아요. 그뿐만 아니라 작품을 관람하는 다른 사람들과의 동선도 엉키지 않을 수 있답니다. 또, 특별한 전시가 아닌 이상 작품은 함부로 만지지 않는 것이 원칙입니다. 조금 떨어져서 눈으로만 감상하세요.

이렇듯, 우리가 가는 곳에 따라 지켜야 할 예절이 조금씩 달라요. 하지만 그곳에 있는 다른 사람을 배려해야 한다는 사실을 언제나 동일합니다. 배려하는 마음만 가지고 있다면 어디서든 예의 바른 어린이가 될 수 있어요.

누군가는 상처를 받아요

7

혜진이는 점심시간에 급식을 다 먹고 남는 시간에 휴대 전화로 인터넷 기사를 보고 있었어요. 언제나 그랬던 것처럼 혜진이가 가장 좋아하는 연예인인 은세 오빠의 뉴스를 검색했지요. 그런데 이상한 기사 제목이 눈에 띄었어요.

아이돌 그룹 멤버 은세, 신인 여배우 백가을과 열애!

좋아하는 연예인의 갑작스러운 열애설에 혜진이는 깜짝 놀라 한동안 멍하니 휴대 전화만 바라보고 있었어요. 그러다가 벌떡 일어나 은세를 좋아하는 친구들에게 달려갔어요.

"얘들아, 너희 이거 봤어?"

"뭔데?"

혜진이는 휴대 전화를 들어 친구들에게 기사를 보여 주었어요. 은세를 좋아하던 친구들도 혜진이처럼 충격을 받은 표정이었어요.

"말도 안 돼, 이게 뭐야!"

"우리 은세 오빠가……."

"거짓말일 거야."

"백가을 걔가 뭐가 이쁘다고!"

혜진이와 아이들은 점심시간이 다 가도록 열애설의 상대 배우를 험담했어요. 수업 시간에도 혜진이는 다른 생각만 하느라 선생님 말씀은 하나도 들어오지 않았지요.

방과 후에 집으로 돌아온 혜진이는 여전히 분이 풀리지 않았어요. 자신이 좋아하는 연예인이 다른 사람과 스캔들이 났다는 사실을 인정하고 싶지 않았어요. 마치 은세 오빠를 백가을에게 빼앗긴 기분이 들었지요.

혜진이는 컴퓨터 앞에 앉아 인터넷 기사를 하나하나 다시 읽기 시작했어요. 기사마다 백가을을 욕하는 댓글로 가득했어요. 혜진이는 자신도 모르게 악성 댓글을 썼어요.

'백가을! 네가 뭔데 우리 은세 오빠를 만나? 못생긴 게.'

그렇게 글을 쓰고 나니 어쩐지 기분이 조금 풀리는 것 같았어요. 혜진이는 스캔들 기사마다 백가을에 대한 나쁜 말을 쓰기 시작했어요. 그렇게 한참 악성 댓글을 달고 나니 재미도 있고 기분도 훨씬 좋아졌지요.

며칠 후, 혜진이는 부모님과 과일을 먹으며 텔레비전을 보다가 어느 연예 프로그램에 출연한 백가을을 보았어요. 화가 나고 꼴도 보기 싫었지만 엄마가 옆에 있어 채널을 돌릴 수 없었지요.

그런데 백가을이 이번 열애설은 헛소문일 뿐이라며 그동안 받았던 온갖 모욕과 악성 댓글에 대해 이야기하기 시작했어요. 죽고 싶을 만큼 힘들고 괴로웠다고 털어놓으며 눈물을 흘렸지요. 혜진이는 백가을의 눈물을 보며 마음이 불편해졌어요. 숙제 핑계를 대며 방으로 들어온 혜진이는 책상 앞에 앉아 오랫동안 생각에 잠겼답니다.

요즘은 언제든 어디서든 인터넷을 자유롭게 이용할 수 있어요. 컴퓨터뿐만 아니라 휴대 전화로도 빠른 인터넷을 즐길 수 있으니까요.

인터넷에는 셀 수 없이 많은 놀이터가 있고, 엄청나게 많은 정보가 있어요. 누구나 어디든지 자유롭게 인터넷의 바다에서 헤엄칠 수 있지요. 내 생각을 자유롭게 말할 수 있고, 많은 사람과 이야기를 나눌 수도 있어요. 어찌 보면 우리가 접하는 모든 세상 가운데 가장 넓고, 가장 자유롭고, 가장 많은 사람이 함께하는 곳이 바로 인터넷일 거예요.

하지만 인터넷 세상은 눈에 보이거나 손으로 만질 수 없어요. 보이는 것은 그저 모니터 화면일 뿐이고, 우리는 키보드를 두드릴 뿐이니까요. 이렇게 보이지 않는 인터넷 세상에서는 이름도 얼굴도 얼마든지 숨길 수 있기에 예의를 지키지 않는 사람이 무척 많아요. 하지만 나의 작은 행동 때문에 화면 너머의 다른 사람은 큰 상처를 받을 수도 있다는 사실을 기억해야 해요.

악성 댓글로 상처를 받은 연예인들이 극단적인 선택을 하는 경우가 이미 여러 차례 기사로 보도되었어요. 이름 없이, 얼굴 없이 '누리꾼'이라는 이름으로 남에게 상처를 입히고 비극을 불러일으키는 사람이 참 많아요. 여러분은 과연 어떤가요? 그저 재미로 누군가를 험담하는 것이 상대방에게는 얼마나 큰 아픔일지 생각해 본 적 있나요?

우리가 지켜야 할 인터넷 예절에 대해 알아보도록 해요.

먼저, 다른 예절과 마찬가지로 상대방을 배려하고 존중해야 해요. 지금 내 눈앞에 상대방이 없다고 해서 함부로 굴어서는 안 돼요. 어딘가에서 나처럼 컴퓨터 화면을 보고 있을 다른 사람이 분명 존재하니까요.

또, 잘 알지도 못하는 이야기를 함부로 떠벌리거나 지어내면 안 돼요. 내가 재미로 한 거짓말 때문에 누군가는 고통을 받을 수 있으니까요.

인터넷은 많은 사람이 사용하는 매체고, 사람에게는 소문을 퍼뜨리기를 좋아하는 성향이 있거든요. 그토록 많은 소문 속에서 참과 거짓을 일일이 가려내기가 어렵기에 인터넷 세상에서는 헛소문이나 거짓말이 현실세계보다 훨씬 넓고 빠르게 퍼져 나가요.

얼굴도 이름도 모르는 어떤 사람이 나에 대한 거짓 소문을 내고 다닌다면 기분이 어떨까요? 익명으로 글을 쓸 때는 자신이 그 내용을 책임질 수 있어야 해요.

또, 상대방에게 함부로 욕을 하거나 반말을 하지 않도록 조심하세요. 현실에서는 모르는 사람이나 어른에게 욕을 하거나 반말을 하지 않으면서, 인터넷 상으로는 상대방이 보이지 않는다는 이유로 함부로 구는 것은 비겁한 행동입니다.

마지막으로, 다른 사람의 글이나 음악, 영화, 사진 등을 빌리거나 사용할 때는 주인의 허락을 받고 감사를 전하는 것이 예의입니다. 내가 찍은 사진을 누군가 함부로 사용한다면 기분이 나쁘겠지요? 입장을 바꿔 보면 쉽게 예의를 지킬 수 있을 거예요.

가만 보니, 인터넷 예절도 우리가 평소에 생활 속에서 지키는 예절과 똑같지요? 상대방이 지금 내 눈 앞에 있다고 생각해 보세요. 그 사람을 존중하고 배려해 보세요. 인터넷 예절은 결코 어려운 것이 아니랍니다.

PART 2

예의 없는 행동,
이렇게 고쳐요

인사하는 것이 쑥스러워요

1

은영이는 이제 막 초등학교에 입학한 1학년이에요. 입학식 날, 은영이는 기대되고 설레는 마음으로 학교에 갔어요. 하지만 처음 만난 학교는 유치원과는 견줄 수 없을 만큼 컸어요. 선생님도, 친구들도 무척 많았어요. 은영이는 넓은 운동장에 들어서며 자신도 모르게 엄마의 손을 꼭 잡았습니다. 괜히 겁이 났거든요.

"엄마, 나 집에 가면 안 돼?"

하지만 엄마는 웃으며 은영이를 달랬어요.

"괜찮아, 금방 친구들 사귈 수 있어."

교실로 들어가기 전에 엄마가 은영이에게 당부했어요.

"은영아, 친구들이랑 공부 잘하고 와. 먼저 인사도 씩씩하게 하고. 혼자서도 잘할 수 있지?"

내심 걱정이 되었지만, 고개를 끄덕인 은영이는 혼자서 교실에 들어섰어요. 구석에 비어 있는 자리가 있어 얼른 자리를 잡고 앉았지요. 곧 담임 선생님이 들어와 아이들에게 먼저 반갑게 인사를 건넸어요.

"1학년 3번 친구들, 만나서 반가워요! 오늘부터 한 해 동안 잘 지내 봐요!"

"네!"

선생님의 인사에 아이들은 큰 소리로 대답했어요. 은영이만 빼고요. 은영이는 갑자기 커진 세상과 낯선 사람들 사이에서 눈치만 보며 그저 조용히 앉아만 있었어요.

선생님의 소개를 마친 뒤에는 학생 소개 시간이 있었어요. 왼쪽 맨 앞줄에 앉은 친구부터 일어나 자기소개를 했지요.

"안녕, 나는 신호섭이야. 앞으로 잘 지내자."

호섭이는 씩씩하게 인사를 하고 자리에 앉았어요. 다른 친구들은 박수를 치며 호섭이를 쳐다보았어요. 이어서 호섭이의 짝꿍도 일어 나 인사를 했고, 조금씩 은영이의 순서가 다가오고 있었어요.

은영이는 불안한 마음에 다리 를 떨면서 손톱을 깨물었어요.

너무 떨려서 화장실에 가고 싶어졌지만 화장실에 다녀 올 엄두
도 나지 않았어요.

'뭐라고 인사해야 하지? 내가 인사를 하면 아이들이 어떻게
생각할까? 나를 싫어하면 어떻게 하지?'

은영이가 이런 생각에 빠진 동안에도 친구들의 자기소개는
계속되었어요.

"난 이유정이라고 해. 앞으로 잘 부탁해."

"내 이름은 김창석이야. 나는 축구를 좋아해. 점심 시간에 같이 축구하자!"

아이들은 손뼉을 치며 흥미로운 표정으로 친구들을 지켜보았어요. 그렇게 차례대로 시영이, 승민이, 규석이, 현주가 일어나 인사했어요. 이제 은영이 차례가 되었어요.

은영이는 너무 떨려서 좀처럼 일어나지 못했어요. 한참을 지나도 은영이가 일어나지 않자 친구들이 웅성거리기 시작했어요.

"자, 일어나서 친구들에게 인사할까요?"

담임 선생님이 어깨를 두드려 주자 은영이는 용기를 내어 일어났어요.

"나, 나는 황은영이야. 반가워."

모기처럼 작은 소리로 은영이가 인사를 마치자 아이들은 웃으며 박수를 쳤어요. 자리에 앉은 은영이는 이제야 마음이 놓였지요. 은영이는 준우와 재성이, 지혜가 일어나 인사를 할 때까지 편안한 마음으로 박수를 쳐 주었답니다.

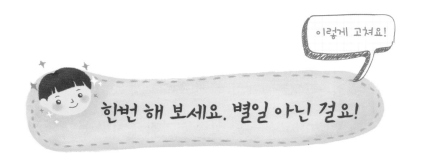

한번 해 보세요, 별일 아닌 걸요!

사람은 저마다 성격이 달라요. 활달한 사람도 있고, 수줍음을 많이 타는 사람도 있고, 여럿이 모여 놀기 좋아하는 사람이 있는가 하면, 혼자 있기를 좋아하는 사람도 있지요. 말을 많이 하는 사람도, 말수가 없이 늘 조용한 사람도 있어요.

'다르다.'는 말은 '틀리다.'는 말과 달라요. 옳고 그름을 나타낼 때는 '틀리다.'는 표현을 쓰지만 차이를 말할 때는 '다르다.'고 표현하지요. 성격이 다르다는 건 어떤 쪽이 더 좋거나 나쁘다는 게 아니라 그저 차이가 난다는 뜻이에요. 수줍음이 많거나 소심하다고 해서 나쁜 것이 전혀 아니지요.

심리학자인 칼 융은 사람의 성격을 내향과 외향으로 나누었어요. 내향형은 생각과 느낌이라는 자신의 내면에, 외향형은 사람과 활동이라는 외부에 끌린다고 보았지요. 요즘은 외향형의 사람이 인기가 많아요. 텔레비전에 나오는 연예인 중에도 그렇게 보이는 사람이 많지요. 모두가 밝고 활발하고 명랑한 성격을 가진 것처럼 보일 거예요.

하지만 사실은 그렇지 않아요. 우리 중 3분의 1 이상이 내향적인 성향을 지니고 있어요. 외향형이 훨씬 많아 보이는 이유는, 내향형인 사람들이 외향형인 사람처럼 보이려고 그런 척을 하기 때문이랍니다.

하지만 굳이 자신의 성향을 숨기고 다른 성격인 척할 필요가 있을까요?

위대한 소설가인 카프카는 정말 소심하고 내향적인 성격이었어요. 그래서 다른 사람과 쉽게 어울리지 못했어요. 하지만 그는 속 깊이 쌓아 둔 모든 것을 소설로 표현하는 훌륭한 작가가 되었지요.

성경에 나오는 이스라엘의 민족 지도자 모세도 무척이나 소심한 성격이었어요. 신이 그에게 이스라엘 민족을 다른 민족으로부터 구해 내라는 일을 시켰을 때, 그는 "저는 입이 뻣뻣하고 혀가 둔해서 그런 일을 할 수 없습니다."라고 핑계를 대며 도망가려 했어요. 외향적인 성격의 형 아론과 짝을 지어서야 겨우 신이 시킨 일을 시작했고, 마침내 이스라엘 민족에게 자유를 선물할 수 있었지요.

이렇게 내향적인 사람들, 숫기도 없고 수줍음이 많은 사람들이 큰 일을 해낼 수 있었던 힘은 어디에서 나왔을까요? 바로 '용기'입니다. 가슴 속에 꽉 들어찬 것을 용기 내어 행동으로 옮긴 것이지요.

무엇이든 처음이 가장 어려워요. 쉽사리 용기가 나질 않으니까요. 처음 보는 사람이나 잘 모르는 사람에게 인사를 건네는 일조차 어려운 사람이 있을 거예요. 하지만 생각하기에 따라, 마음먹기에 따라서는 아주 쉬운 일이기도 해요.

은영이도 마찬가지였어요. 새로 만난 친구들 앞에서 인사를 하기가 참 어려웠지요. 하지만 용기를 내어 인사하니 친구들이 박수로 반갑게 맞아 주었어요. '이렇게 되면 어떡하지? 저렇게 되면 어떡하지?' 하며 아직 일어나지 않은 일에 대해 염려하거나 생각할 필요 없어요. 별 생각 없이, 그냥 한번 해 보면 금세 알 수 있어요. 그리 어려운 일이 아니라는 사실을 말이에요.

그렇게 한 번, 두 번, 먼저 인사를 하고 말을 거는 행동을 반복하다 보면 나중에는 적응이 되어 어렵지 않게 할 수 있게 된답니다. 인사나 예절 지키는 것에도 때로는 연습이 필요한 법이니까요.

내 마음대로만 하고 싶어요

2

용보는 며칠 전부터 오늘이 오기만을 기다렸어요. 엄마와 동물원에 가기로 한 날이거든요. 용보는 아침 일찍 일어나 세수를 하고 옷을 입고 나갈 채비를 했어요.

그런데 용보가 혼자서 준비를 다 했는데도 엄마는 아직 다리미질을 하고 있지 뭐예요.

"엄마, 빨리 가자."

"용보야, 아빠 와이셔츠를 미리 다려 놓아야 하거든. 이것만 하고 가자."

하는 수 없이 용보는 아빠의 와이셔츠를 다리미질하는 엄마를 바라보며 조금 더 기다리기로 했어요. 하지만 1분도 지나지 않아 용보는 또 초조한 표정으로 엄마를 재촉했어요.

"엄마, 빨리 가자니까!"

"알았어, 하던 것만 마저 하고 금방 가자."

용보는 자신과 달리 느긋한 엄마의 태도에 심술이 났어요. 30초 정도 지났을까요? 용보는 기어이 엄마에게 소리를 "꽥꽥" 지르기 시작했어요.

"엄마! 지금 가자고! 금방 간다고 했잖아!"

갑작스러운 용보의 행동에 엄마는 깜짝 놀랐어요.

"용보야, 너 갑자기 왜 그래? 엄마가 이것만 하고 가자고 했지? 기다리기로 한 지 1분도 안 지났는데 왜 이렇게 어린아이처럼 떼를 쓰니?"

하지만 용보의 귀에는 아무 말도 들리지 않았어요.

"금방 간다며! 난 빨리 가고 싶단 말이야! 지금 당장 가!"

엄마에게 실컷 소리를 지른 용보는 바닥에 주저앉아 양쪽 발을 번
갈아 뻗어 대며 울기 시작했습니다. 엄마는 용보의 행동에 정신이 없
어져서 다리미질을 그만두고, 급히 나갈 준비를 하기 시작했어요. 엄
마가 옷을 입고 화장을 하는 동안에도 용보는 계속해서 갓난아이처
럼 칭얼거렸지요.

한바탕 난리 끝에 집을 나선 엄마와 용보는 드디어 동물원에 도착했어요. 동물원에는 기린, 원숭이, 코뿔소 등 신기한 동물들이 무척 많았어요. 그림이나 사진, 영상으로만 보던 동물들을 실제로 보니 용보는 신이 났어요.

"어, 저게 뭐야?"

동물원 한가운데에 사람들이 와글와글 모여 있는 우리가 있었어요. 용보와 엄마가 다가가 보니, 조련사가 귀가 길고 뾰족한 사막 여우를 품에 안고 있었어요.

"귀여운 아기 사막 여우예요. 살살 쓰다듬어 볼 어린이 손 들어 보세요!"

조련사의 말이 끝나기도 전에 호기심 많은 용보가 손을 번쩍 들었어요.

"저요! 제가 만져 볼래요!"

"그래요, 멋진 남자 친구네요. 이리 오세요."

용보는 조련사의 품에 안겨 있는 귀여운 사막 여우의 머리를 살살 쓰다듬었어요. 사막 여우는 강아지처럼 온순했지요. 용보는 호기심이

발동해 사막 여우의 커다란 귀를 쭈욱 잡아당겼어요.

"낑!"

"어머나, 그러면 안 돼요!"

사막 여우가 아픈 듯 비명을 지르자 조련사가 얼른 용보를 저지했어요. 곁에서 지켜 보던 엄마도 용보를 나무랐어요.

"용보야, 예쁜 여우를 살살 만져 줘야지 귀를 잡아당기면 어떻게 하니?"

"아니, 난 그냥, 가만히 있길래……."

용보는 무안해져서 입술을 삐죽 내밀고 얼른 자리를 피했어요.

용보가 가장 좋아하는 동물은 호랑이예요. 근사한 무늬와 위엄 있는 행동이 용보의 마음에 쏙 들었답니다. 동물원에 오면 용보는 꼭 호랑이를 보고 싶었어요. 호랑이가 "어흥!" 하고 큰 소리로 울면 얼마나 멋질까 상상하며 용보는 엄마를 졸랐어요.

"엄마, 이제 호랑이 보러 가자."

"호랑이는 저 안쪽에 있대. 다른 동물들도 보면서 천천히 가자."

"싫어, 호랑이부터 볼래!"

"그러면 거기까지 갔다가 다시 와야 하잖아. 다른 동물들도 보면서 천천히 가자, 응?"

"싫다니까! 호랑이 볼래! 호랑이!"

엄마는 어쩔 수 없이 용보의 말을 들어 주기로 했어요. 호랑이 우리까지는 제법 걸어야 했지만 용보는 호랑이를 볼 생각에 조금도 힘들지 않았어요. 마침내 호랑이 우리 앞에 도착한 용보는 방방 뛰며 좋아했습니다.

"이야, 호랑이다! 엄마, 호랑이 진짜 멋있지?"

"응, 멋있다."

"엄마, 그런데 호랑이가 왜 안 움직여?"

"음, 자고 있는 것 같아."

용보는 호랑이의 위엄 있는 모습을 보고 싶었는데, 그런 마음도 모르고 저 멀리 누워서 꼼짝도 하지 않았어요. 용보는 짜증이 났어요.

"뭐야, 낮인데 벌써 자? '어흥' 하라고 해!"

"자고 있는데 어떻게 '어흥' 하라고 하니?"

엄마가 당황한 표정으로 달랬지만 용보는 떼를 쓰기 시작했어요.

"싫어, 싫단 말이야! 일어나라고 해!"

용보가 떼를 쓰든 말든 호랑이는 계속 누워서 꼼짝도 하지 않았어요. 용보의 보챔에 하는 수 없이 엄마가 나섰어요.

"호랑아, 그만 좀 일어나 봐! 우리 용보가 너랑 놀고 싶대."

하지만 그런다고 호랑이가 일어날 리 없지요. 용보는 홧김에 먹던 과자를 호랑이에게 휙 던졌어요.

그때였어요. 호랑이가 갑자기 벌떡 일어나더니 용보 가까이로 성큼성큼 다가왔어요. 철조망 바로 앞까지 온 호랑이는 콧김을 씩씩 내뿜었고, 갑자기 일어난 일에 깜짝 놀란 용보는 뒤로 넘어져 엉덩방아를 찧었어요.

"어, 엄마! 무서워! 으앙!"

그렇게 보고 싶던 호랑이를 가까이서 본 용보는 그만 울음을 터뜨리고 말았답니다.

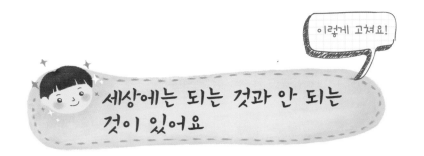

세상에는 되는 것과 안 되는 것이 있어요

세상을 살아가다 보면 내 뜻대로 되지 않는 것이 참 많아요. 용보가 아무리 호랑이를 깨우고 싶어도, 엄마가 아무리 호랑이에게 일어나 달라고 부탁해도 소용 없어요. 호랑이는 충분히 자고 난 뒤에야 눈을 뜰 거예요.

모든 것을 내 마음대로 할 수 있다면 참 좋겠지만, 세상에는 '되는 것'과 '안 되는 것'이 분명히 존재합니다.

옛날 우리나라에는 '왕'이 있었어요. 나라 전체를 다스리는 가장 높은 사람이었지요. 그렇다면 왕은 무엇이든 자신의 뜻대로 할 수 있었을까요?

그렇지 않아요. 가장 높은 신분인 왕조차도 지켜야 할 예절과 규칙이 있었습니다. 왕은 모든 백성의 본보기가 되어야 했기에 마음대로 행동할 수가 없었지요.

또, 신하들의 의견을 함부로 무시할 수도 없었습니다. 그렇게 했다가는 여러 신하와 선비에게 원성을 사고, 끝내 왕위를 내놓는 일도 종종 있었거든요.

궁에는 임금의 일거수일투족을 세세하게 관찰하고 기록하는 사관이 있었어요. 사관은 병풍 뒤에 숨어서 임금의 말과 행동을 모조리 기록하고, 얼굴을 가린 채 사냥터까지 따라다녔답니다.

왕은 사관이 자신에 대해 기록한 것을 절대로 볼 수 없었어요. 자신의 이야기를 나쁘게 적은 사관에게 왕이 혹시나 해코지를 할지도 모르니까요.

이처럼 세상을 다 가진 왕이라도 자신의 마음대로 할 수 있는 건 아니었어요. 왕도 이 정도인데 우리는 어떨까요? 우리도 마찬가지입니다.

자신의 뜻대로만 행동하는 사람은 상대방에게 피해를 주는 예의 없는 사람이 될 거예요. 용보가 멋대로 구는 바람에 엄마는 다리미질도 제대로 하지 못했고, 호랑이를 보러 멀리까지 갔다가 다시 돌아와야 했던 것처럼요.

한편, 사람에게 지켜야 할 예의가 있듯이 동물에게도 지켜야 할 예의가 있어요. 말 못하는 동물이라고 함부로 대하면 안 돼요. 우리와 마찬가지로 생명이 있는 소중한 존재니까요. 동물을 마치 장난감처럼 가지고 놀거나, 싫증 난다고 함부로 버려서는 안 됩니다. 동물과 우리와 같은 생명에 대한 예의가 아니에요.

여러분, '자유'와 '방종'의 차이를 알고 있나요? 자유와 방종은 비슷해 보이지만 무척 달라요. 방종은 '제멋대로 행동하여 거리낌이 없음.'이라는 뜻이에요. 예의에 어긋나게 하는 행동을 일컫지요. 우리가 누려야 할 것은 방종이 아니라 자유입니다. 다른 사람에게 피해를 주지 않고, 내가 책임질 수 있는 자유 말이에요.

내 마음대로만 하고 싶을 때, 해서는 안 될 일을 하고 싶을 때, 그것이 방종인지 자유인지 한 번 더 생각하면 좋겠어요.

3 갖고 싶은 게 너무 많아요

경미는 엄마 손을 잡고 백화점에 왔어요. 곧 초등학교에 입학하는 경미에게 엄마가 입학 선물을 사 주기로 했거든요.

백화점 안은 많은 사람으로 붐비고 있었습니다. 경미는 엄마 손을 꼭 잡고, 이것저것 구경하느라 바빴어요. 예쁜 옷도, 근사한 장난감도 많아서 무엇을 골라야 할지 행복한 고민에 빠졌지요.

"경미야, 뭐 갖고 싶어?"

"음, 아직 잘 모르겠어."

"그래? 그럼 좀 돌아다녀 볼까?"

엄마와 경미는 먼저 아동복 매장으로 갔어요. 블라우스, 스웨터 등 따뜻한 봄 날씨와 어울리는 예쁘고 화사한 옷이 참 많았지요.

눈이 휘둥그레진 경미는 이 옷을 만져 보고, 저 옷도 입어 보고 하며 신 나게 쇼핑을 했어요. 그러다가 어느 마네킹 앞에 경미의 시선이 멈췄습니다. 마네킹이 입은 빨간 원피스 앞으로 후다닥 뛰어가 가까이서 살펴보니, 어깨에는 하얀 꽃이 수놓아져 있고, 반짝반짝 빛나는 진주 장식도 달려 있는 예쁜 옷이었어요. 경미는 빨간 원피스가 마음에 쏙 들었습니다.

"우와! 예쁘다!"

"그래? 이게 마음에 들어?"

"응! 엄마, 나 이거 사 줘!"

"진짜? 딱 정한 거지? 나중에 딴 소리 하면 안 돼."

"응! 안 해. 딱 이거!"

경미는 빨간 원피스에 홀딱 반해서 정신이 없었어요. 엄마는 물건 값을 치르며 경미에게 다시 한 번 다짐을 받았습니다.

"경미야, 분명히 네가 고른 거야! 또 다른 거 사 달라고 떼쓰면 안 돼. 알았지?"

"응!"

원피스를 받아 든 경미는 뛸 듯이 기뻤어요. 빨간 원피스를 입고 학교에 갈 자신의 모습을 상상하니 벌써부터 신이 나 자신도 모르게 흥얼흥얼 노래를 불렀지요.

"그럼 이제 밥 먹고 장 보러 가자."

"응!"

엄마와 경미는 백화점 안에 있는 푸드 코트에서 맛있는 돈가스를 먹은 뒤, 식료품 코너로 향했어요. 경미가 좋아하는 요구르트랑 초콜릿도 사야 하니까요.

에스컬레이터를 타고 아래층으로 내려가는데, 저만치 있는 진열대에 예쁜 인형들이 줄지어 서 있었어요. 경미가 눈을 반짝이며 손가락으로 인형을 가리켰어요.

"엄마! 저것 봐!"

"응? 뭐?"

"저 인형! 보러 가자!"

"그럼 그냥 보기만 하는 거다?"

"응!"

경미는 엄마 손을 잡아끌며 인형이 있는 쪽으로 갔어요. 이미 인형에 넋이 나간 표정이었지요. 하염없이 인형을 바라만 보던 경미를 엄마가 재촉했어요.

"자, 다 봤지? 이제 가자."

"잠깐만, 조금만 더 보고. 이야, 이거 정말 예쁘다!"

경미는 파란 코트에 노란 모자를 쓰고 있는 여자아이 인형을 집어 들어 이리저리 살펴보았어요. 정말 예쁜 인형이라 도저히 그냥 내려 놓을 수가 없었지요.

"엄마, 나 이거 사 주면 안 돼?"

"내가 너 이럴 줄 알았어. 안 된다고 했지?"

"사 줘, 엄마. 진짜 다른 건 사 달라고 안 할게, 응?"

경미는 간절한 눈빛으로 엄마를 졸랐어요. 하지만 엄마는 단호했지요.

"안 돼."

"한 번만! 응?"

"아까 엄마랑 약속했잖아. 절대 안 돼."

경미는 떼를 쓰기 시작했습니다. 이번에는 엄마도 결코

호락호락하지 않았지요.

"사 줘! 사 달란 말이야!"

"너 아까 원피스 샀잖아. 그럼 원피스 환불하고 이거 살까?"

"싫어! 원피스도 인형도 사 줘! 다 사 달라고!"

한참이나 떼를 써도 소용이 없자, 경미는 아예 큰 소리로 울며 백화점 바닥에 누워 버렸어요. 발버둥을 치며 계속 악을 썼지요. 주변에 있던 사람들은 모두 눈살을 찌푸리고 귀를 막았어요. 엄마와 경미의 치열한 전쟁, 과연 누가 이겼을까요?

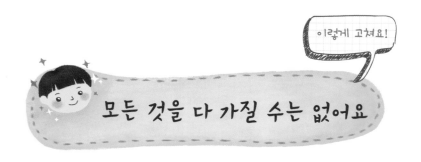

이렇게 고쳐요!

모든 것을 다 가질 수는 없어요

경미는 떼를 써서 엄마에게 많이 혼났을 거예요. 백화점이라는 공공장소에서 예의를 지키지 않아 여러 사람을 불편하게 했으니까요.

백화점에 온 사람들에게는 조용하게, 마음 편하게 물건을 구경하고 고를 권리가 있어요. 경미는 그 사람들의 즐거움을 방해한 것이지요. 남을 배려하는 마음은 예의범절의 기본, 이젠 다들 알고 있지요?

사람 많은 곳에서 시끄럽게 굴고, 떼를 쓰는 건 부모님에게도 예의를 지키지 않는 일이랍니다. 다들 그런 예의 없는 아이를 보면 말은 하지 않아도 속으로는 '저 아이는 가정교육이 엉망이네. 부모가 집에서 뭘 가르친 거지?'라고 생각하거든요. 이런 행동은 부모님을 욕되게 하는 것이지요.

세상에는 아무리 떼를 써도 가질 수 없는 게 무척 많아요. 고집을 부려 원하는 것을 전부 얻을 수 있다면 세상 사람은 모두 떼쟁이가 되었겠지요.

우리는 갖고 싶은 게 참 많아요. 장난감을 갖고 싶고, 예쁜 옷도 입고 싶고, 알록달록한 운동화도 갖고 싶지요? 최신 게임기나 휴대 전화도 가지고 싶을 거예요. 어른들도 마찬가지예요. 근사한 자동차도 갖고 싶고, 번쩍이는 보석도 갖고 싶고, 멋진 양복도 입고 싶지요.

그렇다고 갖고 싶은 것을 모두 가질 수 있을까요? 아니요, 그럴 수 없어요. 제아무리 어마어마한 부자라도 자신의 욕심을 모두 채울 수는 없답니다. 사람의 욕심은 끝이 없으니까요. 이걸 갖고 나면 저게 갖고 싶고, 저걸 가지면 다음엔 또 다른 무언가가 갖고 싶어질 거예요. 갖고 싶은 것을 다 가질 수 없다는 사실을 받아들이고 인정하면 마음이 조금 편해진답니다.

그럼에도 불구하고 끝없이 욕심을 부리다 보면 결국 예의에 어긋난 행동을 하게 될 때가 많아요. 경미처럼 자신의 욕심을 채우고자 남을 불쾌하게 하고, 피해를 입히게 되지요.

부모님이 나를 사랑하지 않아서 사 주지 않는 것이 아니에요. 경미는 엄마와 분명히 약속을 했는데도 떼를 쓰기 때문에 원하는 것을 얻을 수 없었어요. 어째서 가질 수 없는지 부모님에게 그 이유를 물어보고 상황을 곰곰이 생각해 보세요.

이렇게 하다 보면 어느새 갖고 싶었던 마음이 차차 사그라질 거예요. 그럼 떼를 쓸 일도, 부모님을 속상하게 할 일도, 공공장소에서 예의에 벗어난 행동을 할 일도, 남을 기분 나쁘게 만들 일도 하지 않게 되겠지요?

아무리 돈이 많아도 살 수 없는 것들이 세상에 존재합니다. 그중 하나가 '사람'입니다. 사랑으로 끈끈하게 엮인 가족과 친구는 결코 돈으로 살 수 없지요. 돈으로도 살 수 없을 만큼 가치 있는 소중한 내 사람들을 위해서라도 예의 바른 어린이가 되어 보세요.

4

뭐든지 내가 먼저 할래요!

성규네 학교 앞에는 문방구가 하나 있어요. 그 문방구 앞에는 전자 오락기가 딱 한 대 있지요. 그러다 보니 문방구 앞은 언제나 오락을 하려는 아이들로 문전성시를 이룬답니다.

친구들은 차례대로 순서를 지켜 오락을 하기도 하지만, 때로는 서로 먼저 하려고 다투기도 해요. 성규도 줄을 서서 순서를 기다리다가 새치기를 당하는 바람에 기분이 상했던 적이 있어요. 그래서 그 다음부터는 방과 후에 오락을 하는 것이 아니라 집으로 곧장 가서 간식을 먹으며 쉬다가 두어 시간 후에 어슬렁어슬렁 밖으로 나와요. 그 시간에는 문방구 앞에 사람이 별로 없거든요. 성규만의 오락 시간이 되는 거지요.

오늘도 성규는 여느 때처럼 여유로운 시간을 골라 오락기 앞에 앉았어요. 캐릭터를 하나 골라서 일대일로 상대를 꺾어 나가는 대전 게임이지요.

'오늘은 반드시 왕을 깨고 기록을 세워야지!'

굳게 다짐했지만 성규는 얼마 못 가서 지고 말았어요. 한 판 더 하려고 주머니를 뒤적거리는데, 같은 반 친구 철우가 멀리서 뛰어오며 외치는 것이었어요.

"찜! 내 차례야!"

하지만 성규는 달려오는 철우는 신경도 쓰지 않고 얼른 오락기에 동전을 넣었어요. 철우가 오락기 옆에 도착했을 때에는 이미 성규가 게임을 정신없이 하고 있었지요. 철우는 옆에서 씩씩거리며 계속 잔소리를 했어요.

"야, 이성규! 내가 먼저 찜했잖아!"

"시끄러워. 돈을 먼저 넣어야지 찜만 하면 뭐하냐?"

철우는 별수 없이 성규가 오락하는 것을 구경하며 얼른 한 판이 끝나기만을 기다렸어요. 이번에도 그리 오래 가지 않아서 지고 말았습니다. 철우는 이때다 싶어 얼른 성규를 밀어내고 자리에 앉았습니다.

"아싸! 이제 내 차례!"

그런데 철우에게 자리를 빼앗긴 성규가 순식간에 오락기에 동전을 넣는 게 아니겠어요? 게임이 시작되자 성규는 철우를 옆으로 밀치고 자리에 앉아 버렸지요. 한순간에 일어난 일에 철우는 당황해서 아무 말도 하지 못하고 멍하니 있다가 곧 분통을 터뜨렸습니다.

"뭐야? 내 차례잖아!"

"웃기시네. 내 돈 넣었으니까 내 차례지!"

"이게?"

철우는 이미 오락을 시작한 성규를 밀기도 하고 잡아당기기도 하면서 자리를 빼앗으려 했어요. 그 바람에 성규는 버튼을 제대로 누르지 못했지요. 철우가 방해한 탓에 오락기 화면 속 성규의 캐릭터는 적에게 실컷 얻어맞고 있었습니다. 성규가 철우에게 짜증을 냈어요.

"야, 저리 안 가? 나 죽잖아!"

성규는 자신의 캐릭터가 자꾸만 공격을 당하느라 에너지가 닳아 없어지는 것을 보며 발을 동동 굴렀습니다. 성규는 여전히 화면에서 눈을 떼지 못한 채 철우를 달래기 시작했어요.

"알았어. 진짜 이번 판만 끝나면 너 해, 응?"

그러나 철우는 들은 체도 하지 않고 계속해서 성규를 밀고 다른 단추를 누르며 방해했어요. 급기야 성규가 앉은 의자를 '확' 잡아 빼 버렸지요. 그 바람에 성규는 뒤로 벌러덩 자빠지며 엉덩방아를 찧고 말았습니다.

화가 난 성규와 철우는 이제 치고받고 싸우기 시작했어요. 마치 게임 속 캐릭터들처럼 말이에요.

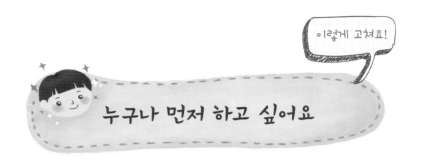

누구나 먼저 하고 싶어요

저런! 철우와 성규가 서로 오락을 하려다가 싸웠군요. 사이좋게 너한 판, 나 한 판, 조금씩 양보하면 좋았을 텐데 말이에요. 어린이 여러분도 철우와 성규처럼 내가 먼저 하겠다거나 나 혼자 갖겠다며 다투는 일이 종종 있을 거예요.

자신만 챙기는 행동이 습관이 되어 익숙해지면 어른이 되어서도 고칠 수 없어요. 우리 주위에서도 예의 없는 어른을 쉽게 볼 수 있을 거예요. 새치기를 해서라도 버스나 지하철에 먼저 타려고 하고, 나 편하자고 남의 집 앞에 몰래 쓰레기를 버리거나, 남이야 어떻든 길거리에서 마구 담배를 피우고, 어깨를 밀치고 지나가도 미안하다는 말 한마디 없죠. 한술 더 떠서, 어떤 사람은 그렇게 해야만 이 험한 세상에서 살아 갈 수 있다고 주장하기도 합니다.

나만 생각한다는 것은 달리 말하면 남을 배려하지 않는다는 뜻이에요. 남을 배려하지 않는 사람은 종종 예의나 예절, 질서를 지키지 않고, 남을 불쾌하게 하거나 피해를 입혀요. 자신만 생각하는 사람은 나 하나 챙기기에 급급해서 남을 돌아볼 여유가 없는, 마음 그릇이 간장 종지처럼 작은 사람이에요.

남도 나만큼 소중해요. 이 당연한 사실을 잊고 사는 사람이 참 많답니다. 내가 갖고 싶은 것은 남도 갖고 싶고, 내가 먼저 하고 싶은 일은 남도 똑같이 먼저 하고 싶어해요.

세상은 수많은 '나'로 이루어져 있어요. 누구나 나 자신은 소중하거든요. 수많은 '나'가 저마다 자신만 챙기고 남을 아끼지 않는다면 세상은 전쟁터와 다를 바 없겠지요. 예의나 예절은 찾아 볼 수 없이 온통 싸움뿐일 거예요.

'역지사지'라는 고사성어가 있어요. '처지를 바꾸어 생각해 봄.'이라는 뜻이지요. '내가 저 사람이라면 나는 어떻게 행동했을까?'라고 생각하며 상대방의 마음을 헤아려 보면 우리는 그 사람을 배려할 수 있어요. 성규와 철우 역시 한 번씩만 서로의 마음을 헤아려 봤다면 사이좋게 오락을 했을 거예요. 그래서 '처지를 바꾸어 생각해 보는 일'은 참 중요하답니다.

우리가 다른 사람과 잘 어울려 살아가려면 서로 양보하고 배려해야 해요. 역지사지가 몸에 배면 늘 남을 배려하고, 예의 바르게 행동할 수 있겠지요?

5

나 하나쯤 뭐 어때요?

옛날, 프랑스 보르도라는 지방에 작은 왕국이 있었어요. 보르도는 여름에는 해가 쨍쨍 내리쬐고, 겨울에는 알맞게 추워서 포도가 무척 잘 자랐습니다. 질 좋은 포도로 담근 포도주는 무척 맛이 좋았지요. 그래서 이 왕국의 왕은 여러 사람과 어울려 포도주를 마시며 놀기를 무척 좋아했고 날마다 잔치를 열었어요.

그러던 어느 날, 왕의 아들인 왕자가 결혼을 하게 되었어요. 왕은 무척 기뻐하며 왕국 곳곳에 다음과 같은 벽보를 붙이게 했어요.

왕자의 결혼을 맞아 큰 잔치를 열 테니

나라의 모든 이는 함께 모여 즐기도록 하라.

단, 자신이 마실 포도주를 한 병씩 가져오너라.

궁전 앞 광장에 커다란 술독을 둘 테니,

가져온 포도주를 그 독에 모두 모아 함께 마시겠노라.

벽보를 본 사람들은 기뻐하기는커녕 걱정이 앞섰어요. 그 해에는 날씨가 좋지 않아서 포도 농사가 영 시원찮았거든요. 포도주 한 병조차 귀하던 때였지만 왕의 명이니 사람들은 따를 수밖에 없었지요.

며칠 뒤, 왕이 기다리던 잔칫날이 되었어요. 궁전 앞 광장은 하나둘 모여든 사람으로 가득했지요. 저마다 손에는 포도주가 담긴 술병을 하나씩 들고 있었어요. 광장에는 정말로 어마어마하게 큰 술독이 준비되어 있었습니다. 어찌나 큰지 술독에 술을 넣으려면 사다리를 타고 올라가야 했지요.

사람들은 차례대로 가져온 술을 술독에 붓기 시작했어요. 그런데 그 가운데는 병에 포도주 대신 물을 채워 간 사람도 끼어 있었지요.

그 사람은 가져온 것이 포도주인 척하며 사
다리를 타고 올라가 술독에 쏟아부었어요. 그러
고는 속으로 생각했어요.

'나 하나쯤 물을 부었다고 누가 알기나 하겠
어? 저렇게 술독이 큰데 말이야.'

얼마쯤 시간이 지나자 잔치에 참여한 모든 사람이 술을 술독에 다 부었어요. 그러자 나팔수들이 큰 소리로 나팔을 불었고, 곧 성대한 잔치가 시작되었지요. 왕은 이미 포도주를 마시고 취한 모습으로 나타났어요. 커다란 술독 안에 가득 담겨 있을 포도주를 생각하자 기분이 좋아진 왕은 직접 사다리를 타고 낑낑대며 술독으로 올랐어요. 그런데 술독 안을 들여다 본 왕은 고개를 갸웃거렸어요.

"응? 이게 어떻게 된 일인가? 술 색깔이 이상한데?"

왕은 술독에 담긴 연한 보랏빛 액체를 한 잔 떠서 맛보았어요.

"아무 맛도 나지 않는구나, 대체 어찌 된 일이지?"

왕의 말에 깜짝 놀란 신하들이 너도나도 조금씩 술독 안의 액체를 맛보았어요.

"아니, 전하. 이것은 맹물 아닙니까?"

"이건 포도주가 아니라 그냥 물인 듯하옵니다."

알고 보니, 마을 사람들이 대부분 '나 하나쯤이야.' 하며 술독에 포도주 대신 맹물을 부은 것이었지요. 잔치가 취소되고 왕이 불같이 화를 낸 것은 뻔한 일이겠지요?

이렇게 고쳐요!

나 하나만이라도

'나 하나쯤 뭐 어때.'

이런 생각 때문에 많은 사람이 예절을 지키지 않고, 세상의 질서를 어지럽혀요. 그래서 우리는 불쾌한 일을 종종 겪게 되지요. '나 하나쯤 어때.' 하며 몰래 버린 쓰레기, '나 하나쯤 어때.' 하며 아무렇게나 한 불법 주차, '나 하나쯤 어때.' 하며 은근슬쩍 하는 새치기. '나 하나쯤 어때.'가 만들어 내는 무질서가 참 많지요?

자고 일어나 보니 우리 집 앞에 온갖 쓰레기가 쌓여 있다면 기분이 어떨까요? 새 신발을 신고 나왔는데 누군가 함부로 뱉어 놓은 껌을 밟았다면? 한참을 줄을 서서 버스를 기다리는데 누군가 내 앞에 슬쩍 끼어든다면?

여러분도 '나 하나쯤이야.' 하며 공중도덕이나 예절을 지키지 않은 적이 있을 거예요. 때로는 귀찮기도 하고, 한 번쯤 그러고 싶을 때도 있지요. 하지만 그런 생각을 하는 사람이 많아지면 여럿이 어울려 사는 이 세상에 불협화음을 내게 돼요.

레너드 번스타인이라는 이름난 지휘자가 있었어요. 어떤 사람이 번스타인에게 이렇게 물었지요.

"가장 다루기 어려운 악기는 무엇인가요?"

그러자 번스타인이 대답했습니다.

"제2바이올린입니다."

질문한 사람은 어리둥절한 표정을 지었어요. 제2바이올린은 메인 바이올린 주자가 독주를 할 때 받쳐 주는 역할을 하는 악기거든요. 그 사람은 다시 물었어요.

"왜 그렇습니까?"

"제1바이올린을 훌륭하게 연주하는 사람은 많아요. 하지만 똑같은 열정으로 제2바이올린을 연주하는 사람은 정말 드물거든요."

그제야 그 사람은 고개를 끄덕였어요. 제아무리 훌륭한 제1바이올린 연주자가 있다 해도 이 연주를 더욱 풍성하게 뒷받침하는 제2바이올린이 없다면 오케스트라는 아름다운 화음을 이룰 수 없으니까요. 하지만 자신이 뒷받침하는 보조라는 생각에 열등감을 가지고 있다면 훌륭한 연주는 할 수 없을 거예요.

이처럼 우리의 삶은 조화를 이루는 것이 참 중요해요. 우리가 '나 하나쯤이야.', '나 하나쯤 뭐 어때?' 하며 불협화음을 내기보다 '나 하나만이라도.'라고 생각하며 공중도덕과 예의를 잘 지킨다면, 더불어 살기에 더 좋은 세상이 될 거예요. 듣기 좋은 노래처럼 말이에요.

부록

엄마 아빠가 읽어요

성균관 어린이 예절학교 여문필 사무총장의
바른 자녀로 키우는 예절 교육법

1

• 예절 교육, 반드시 필요해요

아이에게 예절을 가르치는 것은 결코 쉬운 일이 아닙니다. 그래서 더 많이 신경을 써야 하지요. 하지만 대가족이 살던 과거에는 예절 교육이 그리 어려운 것이 아니었지요. 집안에 할아버지, 할머니부터 부모님, 형제자매까지 함께 살다 보니 자연스럽게 어른을 공경하고, 서로 우애 있게 지냈어요. 집 밖에서도 마을 사람끼리 가깝게 지냈기 때문에 옆집 할아버지나 건넛집 아주머니에게도 꼬박꼬박 인사를 했지요.

지금은 시대가 많이 달라졌어요. '공동체'라는 개념이 거의 사라진 듯합니다. 조부모와 함께 사는 집도 드물고, 자녀는 많아야 두 명쯤이니 생활 속에서 자연스럽게 예절을 익히기 어렵습니다. 게다가 맞벌이 부부도 많아서 아이에게 예절을 가르칠 시간조차 없는 가정이 많지요.

상황이 이렇다 보니, 요즘에는 정말 예의 없는 아이, 예의 없는 어른이 많습니다. 때로는 공중도덕이 무엇인지 아예 모르는 듯한 사람도 보게 됩니다. 길에서도, 버스에서도, 영화관에서도 불쾌한 일을 수도 없이 겪지요. 내가 예의 없는 행동을 할 때에는 모르지만, 정작 내가 그런 사람을 만나 그런 일을 당하면 참을 수 없이 괴로울 거예요. 우리 아이는 지금 어떤 사람일까요? 혹시 남을 불쾌하게 만드는 버릇없는 아이는 아닐까요?

　이황이 쓴 《퇴계집(退溪集)》에는 다음과 같은 말이 있습니다.

　속담에 '버릇없는 자식은 제 어미를 욕한다.'고 했습니다. 집안의 자식을 미리 단속하지 않으면 반드시 버릇없는 데에 이르고, 버릇이 없는 데도 막지 않으면 욕설을 하는 데에 이를 것입니다. 이 자식이 자식답지 못함은 말할 것도 없으나 자식을 이 지경에 이르도록 한 것은 바로 부모의 잘못입니다.

어떤 부모는 예절을 거추장스러운 형식 따위로 생각합니다. 살아가는 데 직접 이익을 가져다주지 않는, 대수롭지 않은 것으로 여기지요. 하지만 예절은 우리가 지켜야 할 생활 양식을 통틀어 이르는 말입니다. 사람이 사람답게 살아가려면 반드시 필요한 것이지요. 예절을 모르거나 예의 없는 사람과는 함께 살아가기 어렵습니다. 그렇기에 예절 교육은 반드시 필요합니다.

예절 교육은 단지 예절만을 가르치는 것이 아닙니다. 아이는 예절을 배움으로써 남을 배려하는 마음을 키우고, 인성을 바르게 가꾸며, 함께 살아가는 방법을 익히게 됩니다. 사람으로서 염치를 알고, 지킬 도리를 몸과 마음에 새기는 매우 중요한 일이지요.

아이에게 예절을 가르치려면 부모가 먼저 예절이 무엇인지 잘 알고 있어야 합니다. 함께 알아볼까요?

먼저, 예절은 자신을 아끼는 방법의 하나입니다. 몸가짐과 마음가

짐을 바르게 가꾸는 일이 바로 예절의 시작이지요. 고운 말을 쓰고, 정리 정돈을 잘하며, 맑고 바른 생각을 하는 것 등 사소하지만 중요한 것들을 통해 스스로를 아끼는 연습을 해야 합니다. 자신을 아끼지 않는 사람은 남을 아낄 수 없으니까요.

둘째로, 예절은 함께 어울려 살기에 좋은 습관입니다. 참된 예절에는 배려와 존중이 담겨 있기 때문이지요. 나와 남을 아낄 줄 아는 사람은 세상 속에서 사랑받기 마련입니다.

셋째로, 예절은 사회 질서를 지키는 약속입니다. 아주 사소한 배려와 존중, 내가 지키는 예절과 공중도덕이 세상이 혼란스러워지는 것을 막아 줍니다.

넷째로, 예절은 오랫동안 갈고 닦아 만든 생활 양식입니다. 많은 사람이 어울려 살며 필요한 것은 덧붙이고, 불편하고 불쾌한 것은 제하며 만들어 온 것이지요. 물론, 시간의 흐름에 따라 지금은 필요 없어진 것도 있지만, 반드시 지켜야 할 예절은 언제나 존재하고 있답니다.

이처럼 예절이 무엇인지만 한 번 곱씹어 봐도 예절 교육이 왜 필요한지 쉽게 이해할 수 있습니다. 이 밖에도 예절 교육을 통해 아이의 이기심이나 공격성을 교정할 수 있고, 배려하는 마음, 모든 생명을 존중하는 마음도 길러 줄 수 있어 무척 유익하지요.

예의 없는 아이는 자라서 예의 없는 어른이 됩니다. 남을 배려할 줄 모르고, 내 이익만 챙기며, 가는 곳마다 남을 불편하고 불쾌하게 만드는 사람이 되는 것입니다. 이런 사람은 무척 외롭습니다. 진심으로 마음을 열고 사귀는 친구가 드물 수밖에 없겠지요.

자녀를 사랑하는 마음, 자녀가 바르게 성장하길 바라는 마음으로 예절 교육을 시켜 주세요. 어린 시절의 작은 교육만으로도 누구에게나 사랑받는 아이, 존경받는 어른이 될 수 있답니다.

2

• 예절 교육은 **빠를수록** 좋아요

'세 살 버릇 여든 간다.'라는 속담이 있어요. 이 말은 그저 비유가 아니랍니다.

사람의 인격이나 성격, 습관 등은 대체로 어릴 때 형성됩니다. 세 살 무렵이면 아이의 몸과 마음이 엄청나게 성장할 시기지요. 이 시기에 인격이나 인성, 성격, 습관, 기호의 틀이 잡히게 됩니다. 한 번 잡힌 틀은 나이가 들수록 딱딱하게 굳어서 좀처럼 바꾸기 어렵습니다. 그러니 '세 살 버릇 여든 간다.'라는 말은 과학적으로도 근거가 있는 속담인 셈이지요.

예절 교육 역시 빠를수록 좋습니다. 예절도 하나의 습관이니까요. 참된 예절, 참된 예의에는 존중과 배려가 담겨 있어야 합니다. 어릴 때부터 남을 배려하고 존중하는 마음을 배워 그것이 습관이 된다면 더없이 좋겠지요. 다 커서 새삼 예의니 예절이니 배우는 게 쉽지 않을 테니까요.

어릴 때부터 예절을 잘 배워 두면 아이가 살아가는 데 두고두고 도움이 됩니다. 원만한 대인 관계를 유지할 수 있고, 평생 함께할 친구도 사귈 수 있지요. 무엇보다 바르고 정의로운 어른이 됩니다. 세 살배기에게는 영어 단어 하나를 가르치는 것보다 인사를 잘하게끔 가르치는 일이 훨씬 수준 높은 교육입니다.

그렇다면 언제 예절 교육을 시작하면 좋을까요? 아이가 말을 알아듣기 시작하면 곧바로 예절을 가르쳐 주세요. '아직 어린데, 뭘.' 하고 생각하다 보면 늦을지 모릅니다. 성장한 뒤에도 가르칠 수는 있지만 힘이 몇 배나 더 들 거예요. 이미 틀이 잡혀 버린 뒤니까요.

한 가지 기억할 것은, 이 무렵의 아이에게 말로 가르치는 일이 무척 어려울 뿐만 아니라 그리 효과적이지도 않다는 사실입니다. 가장 좋은 방법은 부모가 직접 보여 주는 것입니다. 부모가 예의 바른 모습, 예절을 잘 지키는 모습을 보이면 아이는 곧잘 따라 하니까요.

아이가 어린이집이나 유치원에 들어가면 선생님의 협조를 받아 함께 교육하세요. 교사와 부모가 힘을 모으면 아이를 가르치기 훨씬 수월합니다. 단, 선생님의 교육 방식과 부모의 방식이 다르면 좋지 않습니다. 집에서는 하지 말라고 배운 행동이 어린이집에서는 허용되는 행동이라면 아이는 헷갈릴 수밖에 없습니다.

아이가 집이 아닌 다른 곳에서는 어떻게 행동하는지 부모가 파악하고 있어야 합니다. 잘못된 것이 있다면 무엇인지, 어떤 방식으로 남을 존중하고 배려하게끔 할 것인지 선생님과 자주 이야기하고 의견을 나누어 보세요. 선생님과 예절 교육 목록을 함께 만들면 더 좋겠지요? 아이가 집에서든 집 밖에서든 예의와 예절을 잘 배울 수 있도록 일관된 지도가 필요합니다.

3

● 예절의 시작은 인사부터

예절은 여럿이 함께 잘 살아가도록 돕는 약속이자 사회적 기술입니다. 사람 사이에 흐르는 윤활유 같은 것이지요. 물론 형식에 치우친 쓸데없는 예절도 분명 있지만, 지킬 것을 지킬 때에 비로소 우리는 보다 편안하고 평화롭게 살 수 있습니다.

예절의 처음은 바로 '인사'입니다. 요즘 인사를 제대로 하지 않는 아이가 늘어나고 있습니다. 인사를 해도 진심으로 하지 않는다거나, 주머니에 손을 찔러 넣은 채 불량한 자세로 인사하는 아이도 있습니다. 그런 인사는 안 하느니만 못 하지요. 상대방에게 불쾌감만 주니까요.

아이가 인사를 하지 않는 까닭은 여러 가지입니다. 쑥스러워서, 모르는 사람이니까, 귀찮아서 등 다양하지요. 아이의 성향마다 다르고, 상황에 따라서도 달라집니다. 아이가 인사를 하지 않을 때에는 원인이 무엇인지 먼저 파악한 뒤, 제대로 인사할 수 있도록 이끌어 주셔야 합니다.

만약 쑥스러워하는 아이라면 자신감을 심어 주세요. 아이가 인사할 때 느끼는 두려움을 말로 표현할 수 있도록 도와주세요. 상대방이 아이의 인사를 받으면 얼마나 좋아할지 이야기해 주는 것도 두려움을 없애는 데 도움이 될 거예요. 아이와 눈을 맞추며 바르게 인사하는 자세를 함께 연습하는 것도 좋아요.

시간이 조금 걸려도 차근차근 하는 것이 중요합니다. 아이가 스스로 자신감이 생길 때까지 기다려 주어야 합니다. 답답하다고 화를 내거나 꾸짖으면 역효과가 나니 조금만 인내해 주세요. 쑥스러움을 이기고서 인사를 잘했을 때에는 반드시 칭찬해 주시고요.

모르는 사람이라서 인사를 하지 않겠다는 아이에게는 상대방에 대해 자세히 알려 주세요. 모르는 사람을 아는 사람으로 만들어 주면 인사하기 쉬울 테니까요. 간단하지요?

만약 인사 자체를 귀찮아하거나 인사를 왜 해야 하는지 모르는 아이가 있다면 인사의 필요성과 의미를 제대로 알려 주어야 합니다. 친구가 인사를 하지 않고 지나가면 기분이 어떨지, 아빠가 퇴근 후에 집에 왔는데 가족이 모른 척하면 아빠는 어떤 생각이 들지 입장을 바꿔 생각해 보도록 유도해 주세요. 이렇게 상황에 맞는 지도를 통해 아이가 인사할 마음이 생기면 그다음에는 올바른 인사법을 가르치면 됩니다.

여기서 중요한 점은, 진심을 담은 인사를 하도록 이끄는 일입니다. 어릴 때일수록 순수한 마음, 감사한 마음, 반가운 마음, 미안한 마음을 담아 진심으로 인사하도록 가르쳐 주셔야 합니다.

다음은 인사법을 가르칠 때 주의해야 할 점입니다.

1. 억지로 인사시키지 마세요

한때 아이들에게 억지로 인사를 시키는 일이 과연 옳은 것인지에 관한 논란이 있었습니다. 인사할 마음이 없는데 부모가 시키니까 억지로 고개만 숙이는 것이지요. 여러분은 어떻게 생각하세요? 과연 이러한 현상이 바람직한 일일까요?

다른 예절과 마찬가지로 인사 역시 하나의 습관입니다. 따라서 인사하는 버릇을 몸에 익히는 일은 매우 중요합니다. 하지만 강요나 강압은 금물입니다. 어떤 부모는 아이가 인사를 하지 않으면 억지로 머리를 눌러 인사를 시킵니다. 그럴 때 아이는 무엇을 느낄까요? 상대방에 대한 존경심이나 반가움 대신 강한 거부감이나 굴욕감을 느낍니다. 더욱더 인사하기 싫어질 것이고, 나아가 다른 예절도 거부할 것입니다.

반대로 스스로 인사하기를 즐거워하고, 진심을 담아 인사하는 습관이 몸에 배면 다른 예절도 지키기 한결 쉬워집니다. 부모는 아이가 마음에서 우러나와서 인사하도록 잘 이끌며 기다려 줘야 하지요.

2. 부모님이 먼저 보여 주세요

부모님이 누군가와 밝고 친절한 모습으로 인사를 주고받는다면 아이는 잘 따라 합니다. 정답게 나누는 인사가 기쁜 일임을 쉽게 알아차릴 수 있지요.

예를 들어, 이모에게 선물을 받고도 인사를 안 하는 아이가 있다면, 부모님이 "우와, 민지 이모가 우리 민지 주려고 예쁜 인형을 만들었네? 정말 힘들었겠다. 고마워!" 하며 먼저 감사 인사를 해 보세요. "이모한테 고맙다고 인사해야지!"라고 윽박지르는 것보다 훨씬 효과적일 거예요. 조금 멀리 돌아가는 것처럼 보여도 아이가 스스로 인사의 필요성을 알게끔 이끄는 쪽이 훨씬 바람직합니다.

3. 역할 놀이를 통해 인사를 가르쳐 주세요

이런저런 상황과 역할을 만들어 아이와 함께 놀이를 하면서도 인사법을 가르칠 수 있습니다. 의사와 환자, 선생님과 학생, 누나와 동생, 할아버지와 손자 등 다양한 역할을 맡아 상황에 맞는 인사를 주고받아 보세요.

"안녕하세요, 의사 선생님!"

"모두 만나서 반갑습니다. 저는 올 한 해 여러분을 가르칠 담임 선생님이에요."

아이는 이러한 과정 속에서 자신도 모르는 사이에 인사가 쉽고 즐거운 것이라 인식할 거예요.

4

• 본보기가 되어 주세요

어린아이는 모방의 천재입니다. 특히 가까이에 있는 사람, 즉 가족을 보며 거의 모든 것을 배운다고 해도 과언이 아닙니다. 스펀지처럼 뭐든지 흡수하지요. 겉으로 드러나는 것뿐 아니라 속에 담긴 것까지 은연중에 파악하고, 배우고, 영향을 받습니다. 좋은 것과 나쁜 것을 가리지도 않고요.

엄마가 설거지할 때마다 투덜거린다면 아이는 저절로 설거지를 싫어하게 됩니다. 엄마의 마음을 읽었기 때문이에요. 아빠가 쉽게 화를 낸다면 아이도 그대로 합니다. 작은 일에도 화를 내고, 친구랑 자주 싸우곤 하지요. 아빠의 공격성을 배우는 것입니다.

당장 그런 영향이 드러나지 않는다고 해서 안심할 일도 아니랍니다. 분명 아이의 마음에 차곡차곡 쌓이고 있을 테니까요. 그래서 차츰 모난 성격으로 드러나거나, 좀 더 커서 청소년기가 되어 심한 반항을 한다거나, 성인이 된 뒤에도 공격적인 성격을 지닐 수 있습니다.

이렇듯 아이는 무서울 정도로 모든 것을 쉽게 빨아들입니다. '아이 앞에서는 냉수도 함부로 못 마신다.'는 옛말이 괜히 나온 것이 아닌 듯합니다. 예절을 지키지 않는 부모, 예의 없는 부모 밑에서 자라면 아이 역시 그럴 수밖에 없습니다. 부모는 아무렇게나 행동하며 아이에게만 날마다 "예의 바르게!"를 외쳐 봐야 아무 소용이 없지요.

따라서 부모가 먼저 아이에게 직접 보여 주는 것이 가장 효과적인 교육 방식입니다. 친절하게 웃으며 인사하는 모습, 밥상머리 예절을 옳게 지키는 모습, 정리 정돈을 잘하는 모습, 고운 말을 골라 쓰는 모습, 함부로 화내거나 짜증 내지 않는 모습 등을 날마다 보여 주세요. 그러면 아이는 자연스럽게 그러한 모습을 갖추게 될 거예요. 따로 가르칠 것도 없지요. 그저 보여 주기만 하면 됩니다.

길에 쓰레기를 버리지 않고, 식당에서 예의를 잘 지키고, 새치기하지 않고, 지하철에서 사람들이 내린 다음에 타고, 공공장소에서 조용히 하고, 남을 나처럼 소중하게 대하는 사소한 생활 습관 하나하나를 아이들이 기억하고 있다는 사실을 늘 염두에 두시기 바랍니다.

부모가 먼저 본보기를 보여야 하는 까닭은 아이가 직접 느껴야 하기 때문입니다. 아이가 스스로 느끼고 배워야 기쁜 마음으로, 기꺼이 예의를 지킬 수 있어요. 쉬운 예절부터 하나씩 모범을 보이며 함께하도록 유도해 보세요. 아이와 함께 집 안에서 장난감을 치워 보고, 식사 예절을 지켜 보고, 밖에서는 인사를 하고, 길에 떨어진 쓰레기를 주워 보세요. 이런 행동을 통해 다른 사람과 편안해지고 가까워지는 경험을 할 때 비로소 아이는 예절이 즐거운 것이라고 인식할 수 있습니다.

아직 아무것도 그리지 않은 흰 종이, 바로 우리 아이입니다. 아직 비어 있는 종이에 예쁜 그림을 그려 갈 수 있도록 부모님이 바르고 맑은 모습을 보여 주세요.

5

'되는 것'과 '안 되는 것'을 확실히 알려 주세요

1960년대까지만 해도 가정에서는 자녀를 대여섯 명에서 많으면 열 명까지 낳아 키웠습니다. 경제적으로 부유하진 않았지만 다산의 문화가 보편화되어 있었고, 농촌에서 자녀는 노동력으로도 무척 중요했으니까요.

하지만 지금은 시대가 달라졌습니다. '아들딸 구별 말고 둘만 낳아 기르자!'라는 구호도 모자라 이제는 하나만 낳아 잘 기른다거나, 아예 낳지 않는 경우도 많지요. 그러다 보니 부모의 사랑도 한 아이가 독차지하기 마련입니다.

부모님의 인식도 많이 달라졌습니다. 옛날에는 자식 하나쯤은 성적이 좋지 않아도 그러려니 했지요. 예닐곱이나 되는 자식을 전부 훌륭하게 키워 내는 것은 몹시 어려운 일이었으니까요. 그러나 지금은 하나뿐인 자식에게 해 주고 싶은 것도, 바라는 것도 지나치게 많아졌습니다.

그러다 보니 부모는 자녀를 과잉보호하게 되고, 그 탓에 요즘 아이들은 사랑을 받을 줄만 알지 타인에게 사랑을 줄 줄은 모릅니다. 왜 남에게 베풀어야 하는지, 사랑을 준다는 게 도대체 무엇인지조차 모르는 아이도 있습니다. 그런 아이들은 대체로 버릇이 나쁩니다. 예의가 없고, 예절을 모릅니다. 뭐든 하고 싶은 대로 하려고 들고, 부모도 그런 아이들을 그냥 내버려 두기 일쑤입니다.

　사람은 누구나 원하는 대로 하고 싶어 합니다. 제멋대로 구는 것은 아이의 잘못이라기보다는 아직 절제를 제대로 배우지 못한 까닭이지요. 아이들은 아직 무엇이 옳은지, 잘못된 것인지 구분하지 못합니다.

　그렇기에 예절 교육을 하며 '되는 것'과 '안 되는 것'을 확실히 알려 주는 일이 무척 중요해요. 절제를 배우지 못한 아이는 점점 가르치기 힘들어 부모가 감당할 수 없는 지경에 이르곤 하지요. 아이를 다스릴 지혜로운 예절 교육법 몇 가지를 소개할게요.

1. 확실한 선을 그어 주세요

생활 속에서 분명한 기준을 정해 어떤 것이 옳고, 어떤 것이 잘못되었는지를 그때그때 아이에게 알려 주세요. 어디까지는 괜찮고, 어디부터는 안 되는지 아이에게 자세히 이야기해 주세요. 물론 화를 내거나 강요해서는 안 됩니다. 아이가 알아들을 수 있도록 차분하게 그러나 단호하게 일러 주어야 합니다.

이렇게 알려 줌으로써 아이가 예절을 지킬 기회를 주는 것이지요. 미리 교육을 한 상태에서는 아이가 그것을 어겨서 주의시킬 때 떼를 쓰거나 반항하는 일도 줄어듭니다.

"더 놀고 싶은 마음은 엄마도 잘 알지만 네가 계속 그네만 타면 다른 친구가 못 타잖아. 엄마랑 10분만 놀기로 약속한 것 지킬 수 있지?"

이와 같이 아이의 감정은 이해하고 받아들여 주되, 잘못된 행동에 대해서는 분명히 교육해야 합니다.

2. 예의 바르게 행동하면 반드시 칭찬해 주세요

모든 사람이 그렇지만 특히 아이들의 경우, 보상이 주어졌을 때 더욱 그 일에 의욕을 보이기 마련입니다. 예절 교육을 받은 아이가 예의 바르게 행동했을 때에는 반드시 칭찬을 해 주세요. 머리를 쓰다듬어 주거나 가벼운 포옹으로 애정을 표현해도 좋습니다. 막연하게 "참 잘했어."라는 칭찬보다는 "우리 아들, 인사를 어쩜 이렇게 잘하니?"처럼 구체적으로 칭찬해 주는 것이 효과적입니다.

주의해야 할 점은, 지나친 보상이 자주 반복되면 역효과가 난다는 사실입니다. 칭찬을 할 때 고가의 선물을 사 주거나 외식을 할 경우, 아이는 예절을 지켜야 하는 본질은 잊고 보상에만 매달리게 됩니다. 어떻게 행동해야 새 장난감이 생긴다는 것을 알아차리고 의도적으로 이용할 수도 있으니 조심하세요.

3. 일관된 예절 교육을 해 주세요

아이와 함께 정한 약속, 아이에게 가르친 예절은 부모님도 반드시 지켜야 합니다. 상황에 따라, 기분에 따라 부모님 마음대로 하면 아이도 그렇게 합니다. 약속을 지키지 않는 부모 말을 잘 따를 아이는 없답니다. 본보기가 되는 것이 가장 중요하다는 사실, 잊지 마세요.

모든 자녀 교육에 꼭 필요한 것이 바로 일관성입니다. 똑같은 상황인데 누구는 이렇게 하라고 하고, 다른 사람은 저렇게 하라고 하면 곤란합니다. 또, 어제는 떠들어서 혼이 났는데 오늘은 혼이 나지 않았을 경우 아이의 예절 기준이 불분명하게 됩니다. 그렇게 혼란에 빠진 아이는 부모의 말이나 지시를 점차 신뢰하지 않을 것입니다. 일관된 예절 지침 속에서 아이는 비로소 심리적인 안정을 갖고, 교육의 효과도 배가될 수 있답니다.

6

• 예의를 가르칠 때는 예의 바르게

　어느 부모님이나 한 번쯤은 공공장소나 길 한 가운데에서 떼쓰는 아이를 나무란 적이 있을 겁니다. 그런데 이 경우, 부모님의 행동에 잘못이 있다는 사실을 혹시 알고 계신가요? 이는 다른 사람 앞에서 아이에게 창피를 주는 행동일 뿐, 예절 교육이라고 할 수 없습니다.

　사람이 많은 곳에서 부모님에게 꾸지람을 들으면 아이는 심한 굴욕감을 느끼게 됩니다. 부끄럽고 창피하니까 마지못해서 혹은 무섭다는 이유로 그 순간에는 부모님의 말에 순종하지만 아이는 당시의 상처를 잊지 않는답니다. 그런 감정이 반복되어 쌓일수록 아이는 겉으로 착한 아이가 된 듯 연기할지는 몰라도, 속으로는 반항심이 생기기 마련입니다.

　어떠한 경우에도 예의는 예의 바르게 가르쳐야 합니다. 남들 앞에서 창피를 주며 혼내거나, 아무런 규칙과 일관성 없이 예의를 잘 지키라고 강요하면 아이는 온전히 받아들이지 않습니다. 참된 예절은 마음에서 우러나와야 하니까요.

집에서도 마찬가지입니다. 아이가 예절을 지키지 않거나 터무니없는 행동을 하면 부모는 종종 당황하거나 화를 내지요. 매번 화를 내고, 혼을 내고, 벌을 주면 아이는 점점 위축됩니다. 이러한 현상이 반복되어 심해지면 감정을 전혀 겉으로 드러내지 않고 속에 쌓게 되지요. 그리고 그런 응어리는 언젠가 터지게 되어 있습니다.

좀 더 효과적으로 예의를 가르치기 위한 몇 가지 팁을 소개합니다. 참고해서 교육에 활용해 보세요.

1. 아이의 인격을 존중해 주세요

어른과 마찬가지로 아이 역시 감정과 생각을 가진 인격체입니다. 당연히 존중받을 권리가 있지요. 존중받으며 자란 아이만이 다른 사람을 존중하고 배려하는 마음을 가질 수 있어요. 그 마음에서 모든 예의와 예절이 시작됩니다. 어리다고 무시하거나 깔보는 듯한 언행에 주의해 주세요.

2. 충분히 설명해 주세요

마냥 윽박지른다고 해결되지 않아요. 예절을 왜 지켜야 하는지, 인사를 왜 해야 하는지, 아이가 이해할 수 있도록 충분히 설명해 주세요. 부드럽지만 분명한 태도로 알려 주어야 합니다. 예절을 지키지 않았을 때 생길 불편한 점과, 지키면 느끼게 될 즐거움을 설명해 주는 것이 좋습니다. 하나하나 예의를 지키며 아이가 스스로 깨닫는다면, 그 과정 자체가 아이에게는 이미 훌륭한 교육입니다.

3. 미리 일러두세요

아이가 떼를 쓰거나 예의 없는 행동을 하기 전에 미리 일러두면 효과적으로 교육할 수 있습니다. 예를 들어, 아이와 함께 마트에 장을 보러 가기 전에는 집에서 나서기 전에 미리 지켜야 할 예절에 대해 알려 주는 것이지요. 마트에서 뛰어 다니지 않기, 고집을 부리며 쓸데 없는 장난감을 사달라고 조르지 않기, 엄마 옆에만 꼭 붙어 있기 등 아이와 손가락을 걸고 약속을 해 보세요.

아이가 마트에서 소란을 피우면 "아까 엄마랑 손가락 걸고 약속했지? 조금만 참고 집에 가서 놀자. 우리 아들은 엄마랑 한 약속 지키는 착한 아들이지?" 하며 달랠 수 있습니다. 약속하긴 했지만 무리하지 않은 요구가 있을 경우에는 들어 주는 것도 나쁘지 않아요. 조금 더 수월한 장보기가 될 테니까요.

더 좋은 것은 마트에 가서 무엇을 살지 아이와 함께 정해 보는 것입니다. 아이는 자신이 장 보는 데 중요한 역할을 맡았다는 생각에 뿌듯해하며 의젓하게 행동할 거예요. 마트에 가서도 아이가 할 수 있는 일을 맡겨 보세요. "여기에 적힌 식용유 좀 가져다줄래?"하고 부탁하면 아이는 무척 즐거워하며 기꺼이 심부름을 할 거예요.

4. 조용한 곳으로 데려가세요

아이가 공공장소에서 갑자기 떼를 쓴다고 부모님까지 화를 내거나 동요하면 안 됩니다. 먼저 아이의 감정을 헤아리고 받아 주세요.

"우리 아들, 저 장난감이 갖고 싶어서 화가 났구나?"

이렇게 아이의 마음을 공감해 준 뒤, 미리 일러둔 약속을 떠올리게 하세요. 그래도 아이가 계속 고집을 부리면 일단 사람이 없는 곳이나 조용한 곳으로 아이를 데리고 가서 아이가 진정할 때까지 기다려 줍니다. 아이가 차분해지면 엄마의 기분을 표현해 보세요.

"아들이 공공장소에서 예의를 지키지 않아서 엄마는 지금 무척 속상해."

아이가 어떤 약속을 어겼는지, 어떤 예절을 지키지 않았는지, 그로 인해서 어떤 불편한 점이 생겼는지, 어떤 부분이 가장 속상한지 솔직히 고백하세요.

만약 그래도 해결이 되지 않는다면 모든 일을 멈추고 집으로 돌아가는 것을 추천합니다. 볼일이 끝나지도 않았는데 갑자기 집에 가는 이유가 아이의 행동 때문임을 분명히 알려 주세요. 아이는 자신의 행동으로 인해 즐거움이 사라짐을 맛보고는 잘못을 스스로 깨닫게 됩니다.

5. 단정 지어 말하지 마세요

"넌 참 예의가 없구나."

교육을 하다 보면 어떤 의도이든 이런 말을 쉽게 내뱉는 부모가 많습니다. 하지만 이런 뉘앙스는 아이에게 좋은 영향을 주지 못합니다.

전혀 효과가 없을뿐더러 자칫하면 아이가 스스로를 예의 없는 아이로 규정해 버릴 수 있거든요. '나는 원래 예의 없는 아이니까 예의 없게 굴어도 돼.'라며 스스로를 합리화하고 자유를 찾으려 할지 모릅니다.

어떤 상황에서든 아이에게 거칠게 예의를 가르치는 일은 어른으로서 예의 바른 행동이 아닙니다. 가르치는 방법이 곧 아이에게 주는 메시지라는 사실을 기억하세요.

7

• 아름다운 우리 예절을 알려 주세요

보통 '전통 예절'이라고 하면 고리타분하고 형식적인 이미지를 떠올리게 됩니다. 물론 그런 면이 없지 않지요. 전통 예절 가운데는 지배 계급이 체제를 단단히 유지하려고 만들어 넣은 것도 많으니까요.

하지만 그렇다고 해서 우리 것이 전부 불필요하지는 않습니다. 우리 전통 예절 중에서도 이어받고 지켜 마땅한 아름다운 것이 분명히 있답니다.

그중 한 가지로, '밥상머리 교육'이 있어요. 밥상머리라 함은 차려 놓은 밥상의 한 자리를 뜻합니다. 밥상머리 교육이란 식사를 할 때 지켜야 할 예절을 가르치고 배우는 일이지요. 뿐만 아니라 인간 삶의 가장 익숙하고 사소한 부분에서부터 예절이 필요함을 뜻하기도 합니다.

우리 조상님은 예부터 밥상머리 교육을 중시했습니다. 아이들은 어른이 먼저 수저를 들 때까지 기다리며 절제를, 음식을 같이 나누어 먹으며 배려를 배웠답니다. 조선 시대 가정 생활의 백과사전이라 할 수 있는 《규합총서》에는 '식시오관(食時伍觀)'이라는 항목이 있습니다. 식사를 할 때 지켜야 할 다섯 가지 규칙이지요.

1. 음식에 담긴 정성을 헤아린다.
2. 음식을 먹을 만큼 좋은 일을 했는지 성찰한다.
3. 먹는 즐거움과 배부름만을 탐하지 않는다.
4. 음식이 약이 되도록 골고루 먹는다.
5. 도를 갖춘 뒤에 음식을 먹는다.

지금이야 이런 것을 다 지킬 수 없겠지만, 그 근본이 예절임에는 변함이 없습니다. 밥상머리 교육을 통해 아이는 인성을 바르게 가꾸고 예절을 배웁니다. 더불어 올바른 식습관도 기를 수 있지요. 또한, 가족이 둘러 앉아 밥을 먹는 일만으로도 아이는 큰 안정감을 느낍니다. 그런 아이는 자라서 흡연, 음주, 우울증, 사회부적응에 잘 빠지지 않으며 어휘력이나 학습 능력도 크게 발달할 확률이 높답니다.

지금 우리 가정에서도 밥상머리 교육을 할 수 있습니다. 다음과 같은 지침을 적용해 보세요.

1. 한 주에 두 번 이상 '가족 식사의 날'을 정해 함께 식사한다.

2. 가족이 다 함께 식사를 준비하고, 먹고, 치운다.

3. 몇 가지 반드시 지켜야 할 식사 예절을 정해서 지킨다.

4. 텔레비전은 끄고, 대화를 하며 천천히 먹는다.

5. 어떤 이야기든 나눌 수 있도록 식사 중에는 절대로 서로를 나무라지 않는다.

허울이나 겉치레는 이어 갈 까닭이 없습니다. 다만 우리 전통에 담긴 깊은 것들, 배려와 존중, 여유로움, 사람을 대하는 마음 등을 밥상머리 교육을 통해 아이들에게 꼭 알려 주면 좋겠습니다.

전통적인 예절이 있는가 하면, 새로이 필요해진 예절도 있지요. 바로 '인터넷 예절'입니다.

우리나라 청소년의 대다수가 인터넷을 합니다. 특히 최근 스마트폰의 보편화로 아이들은 언제, 어디서든 인터넷을 즐길 수 있게 되었지요. 편리하긴 하지만 어린아이들에게는 부작용이 더 많습니다. 10대 아이들이 악성 댓글을 쓰는 횟수는 다른 연령대의 누리꾼 전체를 합한 것보다 많다는 통계도 있어요. 요즘에는 SNS의 보급으로 인해 나쁜 것이 더욱 쉽게 퍼지곤 합니다.

해마다 수많은 연예인이 이러한 악성 댓글에 시달리다가 스스로 목숨을 끊습니다. 참 끔찍한 일이지요. 하지만 아이들은 특별한 악의가 없고, 자신의 행동이 어떤 결과를 낳을지에 대한 어떤 경각심도 없이 다른 사람에게 상처를 주고 있습니다. 익명이라는 방패 뒤에 숨어 사이버 범죄를 저지르기도 하지요.

이처럼 인터넷 예절 교육을 제대로 하지 않으면 우리 아이가 가해자가 될 뿐만 아니라 피해자가 될 수도 있답니다. 그러므로 인터넷 예절은 시대에 그 어느 것보다 중요한 예절이라고 할 수 있어요.

사실 어느 시대를 막론하고 아이들은 원래 비속어나 욕설을 사용하기 마련입니다. 지나치게 심한 공격성을 보이지 않는다면 자연스러운 특성이라고도 할 수 있지요. 하지만 인터넷에 남긴 욕이나 비방 글은 말과 달리 쉽게 사라지지 않고, 불특정 다수에게 불쾌감을 줄 수 있어 그 후유증이 매우 큽니다. 따라서 아이에게 악성 댓글의 폐해를 반드시 알려 주어야 합니다. 더불어 하루에 한 번 선한 댓글을 단다거나, 클릭 한 번으로 기부 운동에 참여하는 등 아이가 인터넷을 통해 좋은 일을 하도록 이끌어 주시면 좋겠습니다. 최근에는 여러 기관이나 게임 회사에서 네티즌이 지켜야 할 에티켓인 '네티켓' 캠프를 진행하고 있으니 참여하는 것도 하나의 방법이 되겠지요.

또한, 아이와 함께 네티켓 일기를 써 보는 것도 좋아요. 하루에 몇 시간 동안 웹 서핑을 했는지, 게임은 얼마나 했는지, 어떤 인터넷 활동을 했는지 기록하는 거예요. 나쁜 댓글을 달지는 않았는지, 다른 사람의 정보나 자료를 도용하지는 않았는지 아이 스스로 반성하도록 하는 계기가 될 수 있습니다.

혹시 아이가 휴대 전화나 인터넷, 게임 중독 현상을 보이면 인터넷 중독 대응 센터(http://www.iapc.or.kr 전화:1599-0075)에서 도움을 받을 수도 있습니다. 상담이나 자가 진단도 가능하니 활용해 보세요. 이런 아이에게 무엇보다 필요한 것은 부모님의 꾸준한 관심이라는 사실도 잊지 마시기 바랍니다.